Raftul Denisei

Colecție coordonată de
DENISA COMĂNESCU

GENKI KAWAMURA

DACĂ PISICILE AR DISPĂREA DIN LUME

Traducere din japoneză și note de
MAGDALENA CIUBĂNCAN

HUMANITAS
fiction

Redactor: Anca Dumitru
Coperta: Angela Rotaru
Tehnoredactor: Manuela Măxineanu
Corector: Andreea Niță
DTP: Corina Roncea, Veronica Dinu

Tipărit la Artprint

Descrierea CIP a Bibliotecii Naționale a României
KAWAMURA, GENKI
Dacă pisicile ar dispărea din lume / Genki Kawamura; trad. din japoneză și note de Magdalena Ciubăncan. – București: Humanitas Fiction, 2025
ISBN 978-606-097-610-3
I. Ciubăncan, Magdalena (trad.; note)
821.521

EDITURA HUMANITAS FICTION
Piața Presei Libere 1, 013701 București, România
tel. 021 408 83 50, fax 021 408 83 51
www.humanitas.ro

Comenzi online: www.libhumanitas.ro
Comenzi prin e-mail: vanzari@libhumanitas.ro
Comenzi telefonice: 0723 684 194

Și dacă pisicile ar dispărea din lume?

Ce prefaceri ar suferi lumea și cum s-ar schimba viața mea?

Și dacă eu aș dispărea din lume?

Ar întâmpina lumea ziua de mâine la fel ca până acum, de parcă nimic nu s-ar fi schimbat?

Ți se pare, poate, nebunesc și stupid.

Dar te rog să mă crezi.

Ce voi așterne pe hârtie este povestea întâmplărilor din ultimele șapte zile.

A fost o săptămână foarte stranie.

Iar eu urmează să mor foarte curând.

Cum am ajuns aici?

O să-ți scriu despre asta.

Va fi o scrisoare lungă, fără îndoială.

Dar vreau să stai cu mine până la sfârșit.

Căci va fi prima și ultima scrisoare pe care ți-o scriu.

Da, acesta este testamentul meu.

Luni:
Diavolul intră în scenă

Nici măcar n-aveam lista cu cele zece lucruri pe care voiam să le fac înainte să mor.

Văzusem un film mai demult. Chiar înainte să moară, eroina își făcea o listă cu zece lucruri.

Dar așa ceva nu se face!

Nu, de fapt nu e vorba că nu se face, dar să întocmești o astfel de listă nu poate fi cine știe ce mare scofală.

„Ce? De ce cred asta?“ m-ai putea întreba.

Păi, cum să-ți zic? Vezi tu, am încercat și eu. Mi-e un pic jenă să recunosc, dar am încercat să fac și eu lista.

Totul a început cu șapte zile în urmă.

Îmi vedeam de treaba zilnică de poștaș, fiind însă cuprins de o răceală ce nu mai trecea. Aveam o febră ușoară care nu ceda, iar partea dreaptă a capului mă durea constant. Am reușit cumva să țin totul sub control cu medicamentele pe care le-am putut lua fără rețetă (după cum știi, detest medicii), dar, cum trecuseră mai bine de două săptămâni și nu mă făceam bine, am hotărât să merg la doctor.

Nu era o răceală.
Tumoare cerebrală. Stadiul 4.

Acesta a fost diagnosticul pus de medic. În cel mai bun caz, mai aveam de trăit o jumătate de an, dar puteam s-o mai duc și numai o săptămână. Doctorul mi-a prezentat tot felul de opțiuni – radioterapie, medicație anticancer, îngrijiri paliative. Însă cuvintele lui nu ajungeau deloc la mine.

Când eram mic, în vacanța de vară mergeam la un bazin de înot. Am sărit o dată în apa albastră și rece. Zbang! Și corpul a început să mi se scufunde, trimițând la suprafață bule după bule.

„Neapărat să-ți faci încălzirea!" s-a auzit vocea mamei.

Dar prin apă vocea ei răzbătea greu, înfundat. Cumva mi-a revenit în minte amintirea asta stranie, sonoră, despre care uitasem complet.

Interminabila consultație a ajuns la final.

În secunda în care doctorul mi-a spus ultimele cuvinte, am scăpat geanta pe podea și am ieșit împleticindu-mă din cabinet. Fără să-l aud cum mă chema înapoi, m-am năpustit afară din spital urlând, m-am lovit de trecători, m-am prăbușit, am căzut și m-am ridicat, am alergat dând haotic din mâini și din picioare, am alergat, am alergat, iar când am ajuns aproape de pod n-am mai putut să mă mișc și m-am prăbușit în genunchi în hohote de plâns.

...Ei bine, toate acestea sunt de fapt o minciună.

În realitate, în asemenea momente oamenii sunt neașteptat de calmi.

Primul lucru care mi-a venit în minte a fost că mai aveam nevoie doar de o singură ștampilă pe cuponul de la salonul de masaj din apropierea casei pentru a beneficia de o ședință gratuită și că tocmai cumpărasem un pachet cu hârtie igienică și detergent – numai lucruri lipsite de orice importanță.

Dar apoi, pe nesimțite, m-a cuprins o tristețe profundă.

Sunt un bărbat de numai treizeci de ani. Da, am trăit mai mult decât Jimi Hendrix sau Basquiat, dar am senzația că mi-au mai rămas încă multe lucruri de făcut. Lucruri pe care doar eu le pot face în lumea asta. Trebuie să fie și asemenea lucruri, cu siguranță.

Și cu toate acestea, nu-mi venea în minte nici unul. Am mers înainte, până când am ajuns în fața gării, unde cântau doi băieți cu chitare acustice:

Viața are un sfârșit, dar până în ultima clipă
Fă tot, tot, tot ce vrei să faci.
Și-așa, întâmpină ziua de mâine!

Idioților! Chiar n-aveți nici un pic de imaginație? Țineți-o tot așa, cântați toată viața în fața gării!

Plin de nervi, dar strivit de neputința de a nu ști ce-aș fi putut face, am luat-o încet spre casă. Când am ajuns, am urcat tropăind pe scări, am deschis ușa șubredă, dar când am privit la camera mică a apartamentului meu, m-a cuprins deodată disperarea. Efectiv am văzut negru în fața ochilor și m-am prăbușit.

Câte ore să fi trecut? Am deschis ochii. Eram în hol.

Un ghem rotund, în care se amestecau alb, negru și gri stătea în fața mea. Ghemul a zis: „Miau!" Am reușit să mă adun. Era motanul.

E motanul meu drag. Stăm împreună de patru ani.

Vine mai aproape. „Miau!", zice din nou, parcă îngrijorat. Așadar, cel puțin încă n-am murit. Mă ridic. Ca de obicei, am febră și mă doare capul. Da, se pare că boala e reală.

— Mă bucur să te cunosc, se aude o voce plăcută din mijlocul camerei.

Și iată-mă, sunt chiar eu. Ba nu, eu de fapt sunt aici și, ca să fiu precis, acolo era altcineva care arăta exact ca mine.

Doppelgänger. A fost primul cuvânt care mi-a venit în minte. Era scris într-o carte pe care o citisem mai demult. E „celălalt eu", cel care-ți apare în fața ochilor în clipa morții. Ori mă scrântisem la cap, ori deja venise după mine. Simțeam că-mi pierd cunoștința, dar m-am adunat cumva și am dat ochii cu ceea ce se afla în fața mea.

— Ăăă… cine sunteți?
— Cine crezi că sunt?
— Hmm… îngerul morții?
— Ah, ce dezamăgire!
— Dezamăgire?
— Eu sunt Diavolul!
— Diavolul?
— Da, Diavolul!

Și astfel (destul de ușor), a intrat în scenă Diavolul.

L-ați văzut vreodată pe Diavol? Eu, da. În realitate, nu e nici negru și nu are nici coadă cu vârful ascuțit. Și, cu siguranță, nu are nici un fel de furcă. Diavolul are chipul celui care îl vede. Adevărata înfățișare a acelui *doppelgänger* e Diavolul!

Deși era o situație greu de acceptat, m-am hotărât să-l primesc fără probleme pe diavolul atât de jovial ce mi se înfățișase înaintea ochilor.

Privindu-l cu atenție, am observat că fața și corpul îi erau complet identice cu ale mele, dar hainele pe care le purta erau diferite. De felul meu, nu port decât alb și negru. Pantaloni negri, cămașă albă, jachetă tricotată neagră. Da, atât de monoton sunt. Mai demult, supărată, mama îmi spunea: „Iar ai luat haine din astea!“ Dar îmbrăcămintea pe care o cumpăram era mereu aceeași.

Spre deosebire de mine, Diavolul era îmbrăcat, hmm, hai să spunem neconvențional. Țipător. Purta o cămașă cu imprimeu hawaiian cu palmieri și mașini americane vintage și niște pantaloni scurți, de parcă ar fi fost veșnic în vacanță. Pe cap, o pereche de ochelari de soare (probabil Ray-Ban). Deși afară era destul de frig, părea hotărât să afișeze un spirit estival.

Simțeam că toată furia căreia nu-i putusem da glas stătea să dea în clocot, dar, chiar în clipa aceea, Diavolul a început să vorbească.

— Și, ce ai de gând să faci?

— Adică?

— Mai e doar un pic, nu? Din ce ți-a rămas... știi tu, speranța de viață și tot restul.

— Mda... ce să zic...

— Ce-o să faci?

— Păi, să vedem. Pentru început, o să mă gândesc la lista aia de zece lucruri...

— Adică... exact ca în filmul ăla?

— Da, așa ceva.

— Și chiar ai face ceva așa de penibil?

— Nu prea merge, nu?

— Ba da. Multă lume face asta, declară ferm că vor bifa lista până la ultimul... cunoști modelul, nu? E o fază prin care trec cu toții măcar o dată... Nu e ca și cum ar mai avea o altă ocazie!

Diavolul râdea, cu brațele încrucișate peste burtă.

— Nu prea văd ce e de râs în asta...

— Ah, da, așa e, ai dreptate. Da, da. Nu știi până nu încerci. Hai să facem repede lista aia!

Așa că, pe o coală albă, am scris: „Zece lucruri pe care vreau să le fac înainte să mor".

Aveam să mor curând, dar uite-mă aici, cu toate prostiile astea. Eram trist, mă simțeam cumplit de deznădăjduit, și tot felul de gânduri mi se învălmășeau în minte. Ferindu-mi foaia de Diavol, care tot trăgea cu ochiul peste umărul meu, și încercând să dau pisica la o parte (ca toate pisicile din lume, și a mea e înnebunită după orice hârtie), am reușit totuși să pun cap la cap lista.

1. Să sar cu parașuta dintr-un avion.
2. Să urc pe Everest.

3. Să fac o cursă pe *Autobahn* într-un Ferrari.

4. Să iau parte la un banchet imperial *Manchu-Han*[1].

5. Să pilotez un *Gundam*[2].

6. Să-mi strig dragostea în mijlocul lumii.[3]

7. Să am o întâlnire romantică cu Nausicaa[4].

8. Să mă ciocnesc, la colțul străzii, de o femeie frumoasă ce ține în mână o cafea, și de-acolo să pornească povestea noastră de dragoste.

9. Încercând să mă adăpostesc de ploaie, să mă reîntâlnesc cu colega dintr-o clasă mai mare, de care eram îndrăgostit, dar care nu a răspuns iubirii mele.

10. Să mă îndrăgostesc...

— Ce-i cu astea?

— Păi...

---

1. Unul dintre cele mai mari festinuri din bucătăria chineză, rezervat doar împăraților și constând din 108 feluri de mâncare.

2. Serie de animație japoneză ale cărei personaje principale sunt roboții gigantici numiți *Gundam*.

3. Referire la romanul de dragoste *Sekai no chūshin de, ai wo sakebu* (în limba engleză, romanul este tradus cu titlul *Socrates in Love*, urmând titlul original propus de autor – *Koi suru Sokuratesu* –, dar schimbat la sugestia editorului japonez) din 2001 al scriitorului japonez Kyōichi Katayama, care a fost ecranizat, dar și transformat în *manga* și scenariu de teatru.

4. Referire la personajul principal din animeul japonez *Nausicaa din Valea Vântului* produs de Studiourile Ghibli.

— Doar nu mai ești în clasa a cincea! Până și mie mi-e rușine cu tine!

— Îmi pare rău...

Sunt jalnic, știu. Asta e tot ce-am putut scoate după atâta trudă. Până și pisica mea nepăsătoare părea scârbită, căci nu mai venea lângă mine.

Eram deprimat, dar dintr-odată Diavolul mi-a spus, bătându-mă pe umăr:

— Haide, lasă... Hai să-ncepem măcar cu saltul cu parașuta. Trecem pe la bancă să scoți niște bani și de-acolo, direct la aeroport!

Și cu asta, două ore mai târziu, eram într-un avion, la trei mii de metri deasupra pământului.

— Gata? Hai, dă-ți drumul!

Îmboldit de strigătul vesel al Diavolului, m-am lăsat să cad în gol.

Da. La asta visasem. La cerul albastru ce mi se desfășura în fața ochilor. La norii magnifici. La linia orizontului, întinzându-se fără limite. Nu se putea să nu privesc altfel lumea după ce vedeam pământul din înaltul cerului. Aveam să uit de lucrurile mărunte și să îmbrățișez bucuria de a trăi în această lume.

Așa a spus odată cineva. Dar lucrurile s-au petrecut de fapt altfel.

Mă săturasem deja de toată tărășenia înainte să sar. Era frig. Eram prea sus. Îmi era frică. Oare de ce le place oamenilor să facă așa ceva de bunăvoie? Chiar îmi dorisem să fac asta? Când mi-am dat drumul de sus, mintea îmi era plină de astfel de gânduri. Și-apoi, pur și simplu am văzut negru în fața ochilor.

Următorul lucru pe care l-am observat a fost că stăteam întins în pat, în camera mea.

Mieunatul pisicii a fost din nou cel care m-a făcut să deschid ochii. Când m-am ridicat, o durere difuză mi-a cuprins capul. Deci era clar că nu era un vis.

— Hai, lasă-mă, iartă-mă...

Aloha (am decis că așa o să-i spun Diavolului de-acum încolo) stătea lângă mine.

— Îmi cer scuze pentru neplăcerile provocate.

— Era cât pe-aci să mor... A, stai, o să mor oricum.

Aloha râdea iar de unul singur.

Fără să spun nimic, am luat motanul în brațe. Era cald și moale, pufos la atingere. De obicei îl luam în brațe pur și simplu, dar acum m-am gândit că așa se simțea de fapt viața.

— Știi, mi-am dat seama că nu am niște lucruri speciale pe care aș vrea să le fac înainte să mor.

— A, da?

— Cel puțin, nu zece. Și chiar dac-aș găsi zece, ar fi niște chestii plictisitoare. Sigur.

— Mda... probabil că așa stau lucrurile.

— Dacă tot ai adus vorba de asta... tu...

— Vorbești cu mine?

— De ce-ai venit? Adică ce vrei să faci aici?

Diavolul a slobozit un hohot de rău augur.

— Chiar mă întrebi *asta*? Păi, atunci, hai să-ți explic.

— Ss... stai. Stai puțin.

Intimidat de schimbarea bruscă a expresiei de pe fața lui Aloha, am bătut în retragere. Aveam un presentiment rău. Mă păștea ceva primejdios. Toate instinctele îmi strigau asta.

— Ce s-a întâmplat? m-a întrebat Aloha.

Încet, am tras adânc aer în piept și m-am liniștit. E în regulă. N-ar trebui să fie nici o problemă dacă doar ascult ce are de zis.

— Nimic, totul e în regulă. Spune-mi.

— Adevărul e că... tu o să mori mâine.

— Ce?!

— Mori mâine. Iar eu am venit ca să-ți spun asta.

Eram atât de șocat, încât nu reușeam să scot nici un sunet. Dar, după ce mi-a trecut uluiala, m-a cuprins o disperare adâncă. Toată energia mi s-a scurs din corp, iar genunchii au început să-mi tremure.

Văzând în ce hal eram, Aloha a început să-mi vorbească împăciuitor.

— Haide, nu te deprima. Pentru că eu sunt aici pregătit să-ți ofer șansa vieții!

— ...șansa vieții?

— Vrei să mori așa, în halul ăsta?

— Nu, vreau să trăiesc. Asta, dacă pot să mai trăiesc.

Fără să se oprească nici o clipă, Aloha a continuat.

— Există o cale.

— O cale?

— Ai putea să-i zici magie. Prin ea, poți să-ți prelungești viața.

— Chiar?

— Dar cu o condiție. E vorba de un principiu absolut, respectat în lumea aceasta.

— Adică?

— Ca să câștigi ceva, trebuie să pierzi ceva.

— ...și eu ce-ar trebui să fac?

— Nu-i mare filozofie. E doar un târg simplu.

— Târg?

— Trebuie să înlături un lucru din lumea aceasta. În schimb, vei primi o zi de viață în plus.

Eram atât de surprins, că nu-mi venea să-mi cred urechilor.

Eram eu pe moarte, dar mintea nu mi-o luase razna chiar într-un asemenea hal. Înainte de orice, cu ce drept îmi arăta Aloha o asemenea îndurare?

— Cu ce drept? Asta te întrebi, nu?

— Ce? Nu, nu...

Oare ăsta chiar era Diavolul cel adevărat? Putea citi gândurile oamenilor?

— Da, pot citit cu ușurință gândurile oamenilor. Până la urmă, de asta sunt Diavolul.

— A... aha...

— Nu prea mai e timp. Nu crezi că ar cam fi momentul să-mi faci favoarea să mă crezi? Târgul e unul cât se poate de adevărat!

— Ar fi bine să fie așa...

— Păi hai atunci să-ți povestesc cum am ajuns la asta, căci văd că încă nu poți să mă crezi pe deplin.

Spunând acestea, Aloha și-a început povestea.

— Ai auzit de Cartea Facerii?

— Din Biblie? Am auzit de ea, dar n-am citit-o.

— Așa, deci... Era bine s-o fi citit, aș fi terminat mai repede ce-aveam de zis.

— Îmi pare rău.

— Lasă, îți zic varianta prescurtată. Așadar, Dumnezeu a creat lumea asta în șapte zile.

— De asta am auzit.

— Pentru început, prima zi. Lumea era toată într-un întuneric deplin. A venit Dumnezeu și a creat lumina, despărțind ziua de noapte. Apoi, ziua a doua. Dumnezeu a făcut cerul, iar în ziua a treia, pământul. Asta e facerea cerului și a pământului. Apoi, s-au născut mările, iar plantele au prins rădăcini.

— Impresionant!

— Exact! În ziua a patra, a făcut Soarele, Luna și stelele, și s-a născut universul. Mai departe, în ziua a cincea, a creat peștii și păsările, iar în ziua a șasea, animalele. Și, la sfârșit, l-a creat pe om, după chipul și asemănarea sa. Iată, în cele din urmă, apare și omul.

— Facerea cerului și a pământului, a universului, iar apoi, a omului. Și în a șaptea zi?

— În a șaptea zi s-a odihnit. Chiar și Dumnezeu.

— Duminica, nu-i așa?

— Exact. Nu ți se pare fantastic? A făcut totul în șapte zile! Dumnezeu e grozav. Are tot respectul meu.

Aveam senzația că, pentru toate acestea, doar respectul nu era suficient... dar mi-am zis să ascult mai departe.

— Primul om pe care l-a făcut a fost un bărbat numit Adam. Și, fiindcă s-a gândit că bărbatul se va simți singur, din coasta lui a făurit și o femeie, numită Eva. Dar cum cei doi leneveau pe-acolo, fără prea multe de făcut, i-am propus ceva lui Dumnezeu. L-am întrebat dacă pot să-i ademenesc să mănânce mărul acela.

— Mărul?

— Da. În Eden, Grădina Raiului, unde trăiau ei, puteau să mănânce orice și să facă orice. Și nu exista nici bătrânețe, nici moarte. Însă era un singur lucru pe care n-aveau voie să-l facă: să mănânce din fructele pomului cunoașterii binelui și răului.

— Aha.

— Dar când eu i-am ispitit, au mâncat din ele!

— Oribil. Chiar că ești al dracului.

— Ei, lasă, lasă. Și pe urmă, Adam și Eva au fost alungați din Rai, oamenii n-au mai fost nemuritori și uite-așa a început o istorie prostească, plină de bătălii și lupte.

— Ești chiar Diavolul...

— Ei, de fapt n-a fost cine știe ce. Iar apoi, Dumnezeu l-a trimis pe fiul său, Isus, pe pământ, dar nici măcar asta n-a trezit în oameni vreo dorință de-a privi în adâncul sufletelor lor. Ba mai rău, au sfârșit prin a-l omorî pe Isus...

— Da, partea asta o știu bine.

— Iar după asta, oamenii au început să facă din ce în ce mai multe lucruri doar pentru ei. Fără să se gândească dacă le trebuie sau nu, le-au tot făcut, fără număr, fără limită.

— Aha.

— Deci i-am propus un târg. Lui Dumnezeu, adică. Să cobor pe pământ și să-i conving pe oameni să decidă ce le trebuie și ce nu. Și i-am făcut lui Dumnezeu și o promisiune. Dacă omul renunță la ceva, îi dau o zi de viață în plus. Și astfel, am primit acest drept. Iar de-atunci, tot caut. Parteneri pentru târgul ăsta, adică. L-am încheiat cu tot felul de oameni până acum. Tu ești numărul 108[1].

---

1. 108 este considerat un număr magic în religia budistă. În Japonia, în noaptea de Anul Nou, la templele budiste clopotele bat de 108 ori, pentru a curăța cele 108 păcate lumești prezente în viața omului.

— 108?

— Exact! Surprinzător de puțini, nu? În toată lumea asta, doar 108. Chiar ești foarte norocos. Trebuie doar să renunți la un singur lucru de pe lume și viața ți se prelungește cu o zi. Convenabil, nu-i așa?

Era o ofertă foarte neașteptată și de-a dreptul absurdă. De parcă aș fi fost într-o campanie de *tele-shopping*. Nu se putea ca viața să-ți fie prelungită printr-un târg atât de simplu! Pe de altă parte însă, dacă lăsam puțin la o parte chestiunea de a crede sau nu în așa ceva, nu era un pariu pe care să-l refuz. Oricum aveam să mor. Nu aveam de ales.

Am recapitulat din nou situația în care mă aflam.

Dacă înlăturam un singur lucru de pe lumea asta, mi se oferea o zi de viață în plus.

Treizeci de bucăți, o lună. Trei sute șaizeci și cinci de bucăți, un an.

Chiar că era un târg simplu. Lumea asta e plină ochi de tot felul de nimicuri prostești. Pătrunjelul de pe omleta cu orez, pachețelele promoționale cu batiste de hârtie pe care le primești în fața gării, manualele de utilizare groase pentru aparatele electrocasnice și, peste toate astea, semințele de pepene roșu. Doar un pic dacă stai să te gândești și îți și vin în minte o sumedenie de lucruri nefolositoare. Iar dacă le cântărești bine, chiar dacă dispar și un milion sau două milioane, tot nu ai nimic de pierdut.

Dacă ar fi să trăiesc șaptezeci de ani, aș mai avea încă patruzeci.

Cu alte cuvinte, dacă renunț la paisprezece mii șase sute de obiecte, aș trăi până la sfârșit ca și cum nimic nu s-ar fi întâmplat. Iar dacă aș continua să renunț la lucruri, s-ar putea să trăiesc până la o sută sau chiar până la două sute de ani.

Exact așa cum a spus Aloha, omenirea produsese nenumărate nimicuri timp de zeci de mii de ani. Nimeni nu avea să fie deranjat de câteva lucruri care dispăreau, ba chiar viața avea să devină mai simplă, iar oamenii aveau să-mi fie recunoscători.

Mai mult, chiar și slujba pe care o aveam acum, cea de poștaș, era o meserie ce nu va mai exista în viitor. Probabil că la un moment dat avea să vină și ziua în care scrisorile și cărțile poștale urmau să dispară. Iar dacă stai să te gândești bine, în lume sunt o grămadă de lucruri și lucrușoare despre care nici măcar nu poți ști sigur dacă e bine sau nu că există. Poate că de fapt și omenirea e unul dintre ele. Căci noi trăim într-o lume absolut arbitrară.

— În regulă, de-acord. Prelungește-mi viața.

Am acceptat târgul. Și, odată ce-am decis să renunț la lucruri, am devenit mult mai curajos.

— Iuhuu! În sfârșit!

Aloha era în culmea fericirii.

— Tu mi-ai zis să intru în joc... în fine. La ce-ar trebui oare să renunț? Hmm... ia să vedem... Da, știu! Mai întâi, pata asta de pe perete!

— ...

— Hmm... praful de pe bibliotecă!

— ...

— Mucegaiul de pe prosoapele din baie!

— ...Ei, hai, gata! Doar nu-s fata care face curățenie! Ai de-a face cu Diavolul!

— Deci nu așa se face?

— Normal că nu așa! EU decid la ce lucru renunți!

— Și cum faci?

— Cum fac...? Păi, cred că după cum se simte în atmosferă.

— În atmosferă?

— Mda... Ia să vedem... ce să fie, ce să fie?

Spunând asta, Aloha și-a rotit privirea prin cameră. L-am urmărit, rugându-mă în sinea mea ba să-mi lase în pace bibeloul, ba să-mi cruțe pantofii sport în ediție limitată.

Dar dacă stăteam să mă gândesc bine, era totuși vorba de a primi zile de viață. Era, până la urmă, un târg cu Diavolul. Nu se putea termina atât de ușor. Soarele? Sau luna? Marea sau uscatul? Oare la astfel de lucruri trebuia să renunț? Chiar în clipa în care mi-am dat seama de greutatea problemei, privirea lui Aloha s-a oprit pe masă.

— Ce-i asta?

Aloha a înșfăcat cutiuța. A scuturat-o. Dinăuntru s-au auzit niște bucăți mici lovindu-se de pereții de carton.

— Păi... asta e „Muntele ciupercuțelor".

— Ciuperci?

— Nu, nu ciuperci. „Muntele ciupercuțelor".

Aloha nu părea să fi înțeles despre ce e vorba. A întors capul.

— Și aici? Astea ce sunt? a luat el cutia de lângă, cam de aceeași mărime cu cealaltă.

A scuturat-o. S-au auzit iar lucruri lovindu-se de pereții ei.

— „Satul mugurilor de bambus".

— Muguri de bambus?

— Nu, nu muguri de bambus. „Satul mugurilor de bambus".

— Ce denumiri înșelătoare!

— Îmi pare rău. În amândouă sunt biscuiți cu ciocolată.

— Cu ciocolată?

— Da, cu ciocolată.

„Muntele ciupercuțelor", „Satul mugurilor de bambus". Le câștigasem ca premiu, cu câteva zile în urmă, la o tombolă într-un magazin, și rămăseseră pe masă. Dacă mă gândeam bine, era un concept destul de bizar pentru niște biscuiți cu ciocolată. Nu era deloc de mirare că Diavolul nu înțelesese despre ce e vorba.

— Deci așa. Auzisem cât de mult le place oamenilor ciocolata, dar nu mi-am imaginat că se ajunge până aici. Chiar și așa, de ce au numit niște biscuiți cu ciocolată „ciuperci" și „muguri de bambus"?

— Da, ai dreptate... Nu m-am gândit la asta până acum.

— Atunci... să alegem ciocolata?

— Poftim?

— Era vorba despre lucruri care să dispară din lume, nu?

— Și așa de ușor se poate lua decizia?

— Mda, înțeleg, pentru tine e prima oară.

Și dacă ciocolata ar dispărea din lume.

Cum s-ar schimba lumea aceasta? Am încercat să-mi imaginez.

Probabil că toți dependenții de ciocolată din lume ar jeli, ar striga, s-ar îneca în tristețe. Apoi le-ar scădea nivelul zahărului din sânge și și-ar duce viața fără nici o fărâmă de energie.

Într-o lume fără ciocolată, ar câștiga oare teren bezelele și caramelul? Nu, n-au destulă putere. Fără îndoială că omenirea s-ar pune pe treabă pentru a fabrica un alt dulce, înlocuitor al ciocolatei.

Gândindu-mă la toate acestea, mi-am dat seama de ce nesaț al voluptății suferă oamenii.

Lângă mine, pisica lipăia din pliculețul pe care tocmai i-l dădusem. Nici nu mai trebuie să spun asta: motanului meu îi place mâncarea pentru pisici.

Cu oamenii e altceva. Noi suntem foarte pretențioși când vine vorba de ce mâncăm.

Doar oamenii dedică timp gătitului mâncării, condimentării ei, apoi creării unei forme pentru mâncare și aranjării ei în farfurie. Iar ciocolata face parte din toate acestea. În ea se pun alune și nuci, cu ea se îmbracă biscuiți, i se dau forme de ciupercuță sau de muguri de bambus și tot așa. Ciocolata chiar pare să le fi trezit oamenilor inspirația, să-i fi făcut să vină cu noi idei legate de gastronomie. Am putea chiar spune că pofta lacomă a oamenilor este cea care a condus omenirea spre progres.

Totuși, ce norocos sunt, m-am gândit.

Oricât ai căuta prin toată lumea asta mare, n-ai găsi pe nimeni care să spună o prostie ca „Astăzi, îmi dau viața pentru ciocolată!". Să poți primi zile doar pentru ciocolată este într-adevăr un noroc. Și mai sunt atâtea alte lucruri de felul acesta, iar astfel mi-aș putea foarte bine prelungi viața renunțând treptat la câte unul.

Chiar în clipa în care am început să întrezăresc o mică speranță în târgul meu cu Diavolul, Aloha a vorbit:

— Astea... sunt bune? a întrebat el, uitându-se când la „Muntele ciupercuțelor", când la „Satul mugurilor de bambus".

— Destul de bune, i-am răspuns.

— Aha.

— N-ai mâncat niciodată?

— Nu.

— Dacă vrei, ia una.

— Nu, lasă. Nu-mi prea plac mâncărurile oamenilor. Cum să zic... au un gust... așa...

— Poftim?

Îmi venea să-l iscodesc ce mănâncă Diavolul, dar m-am abținut. Nemaiputându-se împotrivi curiozității ce-l îmboldea, Aloha a luat o ciupercuță, a mirosit-o, a măsurat-o cu privirea de la dreapta la stânga, a mai mirosit-o o dată și a dus-o șovăitor la buze. Apoi, strângând din ochi cu putere, a băgat-o în gură.

Liniște mormântală. Și-apoi, în cameră s-a auzit sunetul biscuiților ce i se sfărâmau între dinți.

— Cum e? l-am întrebat precaut, dar Aloha a rămas tăcut, cu ochii închiși. S-a întâmplat ceva?

— Mmm...

— E totul în regulă?

— Mmm...

— Să chem salvarea?

— Mmm... cât de bună e!!!

— Poftim?

— Ce-i asta? E incredibil de bună! Chiar renunți la așa ceva? Păcat!

— Păi nu tu mi-ai zis să renunț la ea?

— Mda, de fapt, așa e. Dar, stai! Am greșit! Așa o bunătate...

— Dar dacă nu renunț la ea, o să mor, nu?

— Mda, asta cam așa-i.

— Atunci, gata!

— Sigur? a întrebat Aloha, încruntând din sprâncene destul de trist.

— Da, sigur, am răspuns eu cu o urmă de milă în glas.

— Atunci, ultima oară! a strigat Aloha.

— Adică? Ce vrei să spui?

— Pot să mai iau doar o bucățică? a întrebat el rugător, cu o expresie vrednică de milă.

Ochii îi erau scăldați în lacrimi. Se vede că ciocolata chiar îi mersese drept la inimă. Ferindu-se de privirea mea, Aloha a băgat în gură pe furiș vreo două sau trei ciupercuțe cu ciocolată și le-a savurat încet, după care a spus:

— Nu, clar nu. La așa ceva nu poți să renunți.

— Poftim?

— Nu se poate să arunci ceva atât de bun!

— Păi...

Mă punea într-o situație dificilă cu atâta nonșalanță! Era totuși vorba despre viața mea. Eu eram cel care trebuia să-și accepte destinul, să se împace cu gândul că va muri curând, iar dacă tot mi se oferise șansa de a-mi prelungi viața, mă agățam de orice, oricât de ridicol ar fi fost târgul ce mi se propunea. Când aveam să mor, voiam s-o fac împăcat, liniștit, netulburat. Așa voiam să se întâmple și așa crezusem întotdeauna că va fi. Cu toate acestea, ajuns înaintea morții, zăream înlăuntrul meu adevărata natură mizerabilă a omului care se agață de orice pai, care acceptă orice ajutor, chiar și de la Diavol.

— Aici... avem o problemă.

— Poftim? Viața a căpătat valoare?

— Ăăă... da, așa e! Și pe lângă asta, ți se pare corect să decizi ce să dispară și ce nu doar așa, după cum îți place ție?

— Da, nu-i nici o problemă. Doar *sunt* Diavolul.

Asta întrecea orice măsură! Rămăsesem fără cuvinte, dar Aloha a continuat:

— Haide, haide, nu te deprima în halul ăsta! Într-o clipită vin cu altă idee.

Zicând acestea, și-a rotit privirea prin cameră cu o viteză amețitoare. Se vedea limpede că încerca să-și îndrepte greșeala.

Mă uitam la el cu răceală, gândindu-mă că o fi fost el Diavolul, dar era un tip mărunt, până la urmă. Și chiar în clipa aceea, mi-a sunat mobilul. Era un apel de la oficiul poștal unde lucram. M-am uitat la orar. Deja trecuse de ora la care trebuia să intru pe tură. Cel care mă sunase era șeful meu. Era deopotrivă supărat că întârziasem și îngrijorat, căci în ziua precedentă nu mă simțisem bine și plecasem mai repede de la muncă pentru a merge la spital.

— Totul este în regulă, dar încă sunt destul de slăbit, așa că aș vrea să-mi iau un concediu de o săptămână.

Am reușit să obțin concediul și am închis telefonul.

— Ăsta...

— Poftim?

— Ăsta!

Mi-am dat seama atunci că Aloha arăta spre telefonul meu mobil.

— De ăsta pare că nu ai nevoie.

— Poftim? Mobilul?

— Exact. Să renunțam la ăsta.

Aloha râdea.

— Ce zici? O zi din viață la schimb cu telefonul mobil.

Și dacă telefoanele mobile ar dispărea din lume. Eu ce-aș avea de câștigat și ce-aș avea de pierdut?

Nici n-am apucat bine să-mi imaginez, că Aloha m-a și încolțit.

— Ei? Ce zici?

— Poftim?

M-am gândit câteva clipe.

O zi din viață. Și telefonul. Hmm... ce să fac?

— Dacă nu te hotărăști rapid, se duce șansa.

— Ss... stai puțin!

— Douăzeci de secunde... zece secunde, nouă, opt, șapte...

— Oprește cronometrul ăsta ca la șah! Gata! Renunț la el! Renunț!

Nu puteam judeca rapid situația, dar nici nu eram în poziția în care să mă gândesc prea mult.

Viața sau telefonul. Desigur că viața are prioritate.

— În regulă atunci, îl fac să dispară, a rostit Diavolul nonșalant.

— Ah!

În secunda aceea, mi-am dat seama.

Nu-l sunasem pe tata.

Acum, asta e, nu mai aveam ce face. Erau patru ani de când murise mama. De atunci, nu luasem legătura cu tata nici măcar o dată. Bineînțeles că nici nu mă întâlnisem cu el. Știam că încă mai lucra la o ceasornicărie din orașul vecin, dar nu-mi trecuse defel prin cap să merg să-l văd. Acum însă nu puteam să nu mă gândesc că era totuși destul de neobișnuit să nu iei legătura cu părinții nici chiar înainte de moarte.

Părând că-mi simte frământarea sufletească, Aloha a început să vorbească zâmbind:

— Te înțeleg. Toți fac așa. Când ajung să renunțe brusc la ceva, încep să se gândească la tot felul de lucruri. Așa că îți mai adaug o opțiune. Una singură.

— Opțiune?

— Da. Înainte să renunți de tot la el, ai dreptul să-ți mai folosești telefonul pentru ultima oară.

— Aha.

— Adică poți să mai dai un singur telefon. Nu contează cui.

Asta n-a făcut decât să-mi ințețească frământările.

Cu siguranță îl voi suna pe tata, m-am gândit. Dar când mi-a venit în minte chipul lui, n-am putut să nu-mi aduc aminte și de ce se întâmplase în urmă cu patru ani. Ce să-i mai spun acum, după ce trecuse atâta vreme? Da, e clar că pe tata nu-l pot suna.

Și-atunci, pe cine? Cui să-i dau ultimul telefon?

Lui K, bunul meu prieten din copilărie?

El e, fără îndoială, un tip grozav, și dacă am reuși să ne găsim amândoi un pic de timp, cu siguranță ar fi un partener de călătorie minunat, dar de când îl știu n-am vorbit decât despre fleacuri. Dacă ar fi acum să-i spun dintr-odată „Eu mor" sau „De azi înainte, toate telefoanele vor dispărea, așa că ăsta e ultimul telefon pe care-l dau", cel mai probabil s-ar gândi că am luat-o razna. „Ce glumă e asta?" m-ar întreba insistent, și astfel aș irosi ultimul telefon, atât de important.

Așadar, ideea cu prietenul K pică.

Dar colegul meu de muncă W?

Întotdeauna îmi e aproape și-mi dă sfaturi bune. Despre muncă, despre dragoste. E ca un frate mai mare de la serviciu.

Dar nu știu ce să zic... acum trebuie să fie chiar la muncă și probabil l-aș deranja dacă l-aș suna.

Faptul că ezit atât de mult să-l întrerup în timpul programului mă face să cred că cel căruia ar trebui să-i dau ultimul telefon e altcineva. Dacă stau să mă gândesc bine, noi n-am discutat de fapt niciodată despre lucruri importante. Beți fiind (cu mine nu e mare cheltuială, mă îmbăt de la o bere), aveam senzația că ne consultăm în legătură cu chestiuni serioase, dar mă întreb acum dacă era vorba despre probleme atât de profunde. Amândurora ni se părea că purtăm discuții cu greutate, dar de fapt nici unul din noi nu făcea vreo mare destăinuire.

Aaahhh, nici că se putea să fie mai rău pentru ultima, cea din urmă clipă.

Am trecut cât de repede am putut prin toate numerele din agenda telefonului. Numele prietenilor mei mi se scurgeau prin fața ochilor și dispăreau de îndată. Fiecare dintre ele părea să fie un simbol. Agenda îmi era plină de nenumărați oameni de care păream să fiu legat cumva, dar cu care de fapt nu aveam cu adevărat o relație.

Viața îmi ajunsese la sfârșit, iar eu nu aveam pe nimeni căruia să-i dau un ultim telefon. Omul acesta care eram eu trăise până acum prins în relații umane atât de sterpe... M-a cuprins o tristețe nesfârșită, căci îmi dădeam seama de asta abia la sfârșitul vieții.

Nu-mi venea să-i vorbesc lui Aloha despre cum mă simțeam, așa că am ieșit pe scări și m-am așezat pe o treaptă.

Îmi țineam telefonul strâns în mână. Și, deodată, mi-a răsărit în minte un număr. Era numărul ei. Uitasem complet de ea. Dar corpul își amintea. Am format încet numărul pe care nu-l aveam salvat în agendă.

După câteva minute, când am terminat convorbirea, m-am întors în cameră. Aloha se juca cu pisica. De fapt, mai degrabă se luaseră la trântă, căci se alergau și se rostogoleau prin toată camera.

— Au! Ai! Ah! Gata! Gaaataaa!

L-am privit în tăcere pe Aloha, care părea să fi uitat complet de mine. Trecuseră trei minute.

— A!

Observând în sfârșit privirea mea de gheață, Aloha s-a ridicat, parcă rușinându-se. Apoi, îndreptându-și din nou privirea către mine, și-a recompus o mină serioasă și m-a întrebat:

— Ai terminat?

E inutil! Chiar dacă acum încerci să-mi vorbești pe un ton grav, e inutil. Ce să zic? Diavolul căruia îi plac pisicile!

Am cântărit un pic problema în minte și, reușind să mă calmez într-un final, i-am răspuns liniștit:

— Da, am terminat.

— Atunci, îl fac să dispară!

Cu un zâmbet jovial, Aloha mi-a făcut cu ochiul (în realitate, se pare că nu știa cum se face, așa că de fapt a închis amândoi ochii).

În clipa aceea, n-am mai zărit telefonul pe care ar fi trebuit să-l am în mână.

— În regulă, pe mâine!

Abia ce-am reușit să disting vocea care-mi spunea asta când, ridicându-mi privirea, silueta Diavolului nu mai era nicăieri.

„Miau!" s-a auzit trist în cameră ecoul glasului pisicii.

Trebuie să merg să mă întâlnesc cu ea. Cu cea pe care o sunasem.

Dar chiar în clipa în care gândul acesta mi-a trecut prin minte, am căzut într-un somn adânc.

Și astfel au început cele șapte zile stranii ale mele.

Marți:
și dacă telefoanele ar dispărea din lume

Colegul meu de cameră este un motan.

Nume nu are încă.[1]

Ba da, are.

Pe motanul meu îl cheamă Varză.

Poate că deja ai uitat de toate acestea, dar aș vrea să-ți povestesc câteva amintiri pe care le am despre el.

S-a întâmplat când aveam cinci ani.

Mama s-a întors acasă pe neașteptate cu o pisică luată de pe drumuri. Ploua cu găleata.

Un pisoi lăsat pe marginea drumului. Mama a cules mogâldeața aceea udă până la piele când se întorcea de la magazin, dintr-o cutie de carton în care fusese salată din prefectura Nagano. Apoi, în

1. Referire la fraza de început a faimosului roman *Eu, motanul*, scris de Natsume Sōseki: „Permiteți-mi să mă prezint: sunt un motan. Nume nu am încă.“

timp ce ștergea pisoiul ud leoarcă cu un prosop, l-a botezat: „Pe pisoiul acesta o să-l cheme Salată."

Mai ții minte oare?

Mamei nu-i plăceau de fapt animalele. Nici pe Salată nu reușea să-l atingă la început. Așa că, de la un moment dat, am început eu să am grijă de el, ca s-o ajut.

Doar că mama a dezvoltat o alergie la pisici și nu se mai putea opri din strănutat. A trecut o lună în care i-au curs lacrimile și nasul fără încetare. Dar niciodată nu și-a pus problema să renunțe la pisică.

„Pisoiul ăsta m-a ales pe mine."

Așa spunea și continua să-l îngrijească, ștergându-și fața udă cu un prosop.

După o lună, într-o zi, alergia la pisici a mamei a dispărut dintr-odată. Poate c-a fost un miracol sau poate că pur și simplu organismul ei se obișnuise deja. Oricare ar fi fost explicația, într-o zi, pe neașteptate, strănuturile, lacrimile și nasul, care curgea încontinuu, au lăsat-o în pace.

Îmi amintesc bine ziua aceea chiar și acum – Salată nu se dezlipea de mama nici o clipită, se gudura pe lângă ea fără încetare.

„Ca să câștigi ceva, trebuie să pierzi ceva."

Mama spunea că asta se înțelege de la sine. Oamenii încearcă întotdeauna să câștige ceva fără să piardă nimic. Dar asta nu e altceva decât furt. În clipa în care cineva câștigă ceva, altcineva pierde ceva. Fericirea cuiva se clădește pe nefericirea altcuiva. Mama îmi vorbea adesea despre această lege a lumii.

Salată a trăit unsprezece ani. I-a apărut o tumoare, a ajuns numai piele și os, iar spre sfârșit părea mereu că doarme, așa că s-a stins în pace.

Din ziua în care s-a dus Salată, mama nu s-a mai putut mișca. Fusese o persoană luminoasă, căreia îi plăcea să facă mâncare, să spele și să vorbească mult. Dar acum ajunsese nici să nu mai facă mâncare, nici să spele, nimic. Stătea în casă și plângea necontenit. Cum nu era altă soluție, am spălat eu rufele. Pentru masă, o luam cu mine la un restaurant din apropiere, unde mâncam împreună.

Mai ții minte oare?

În perioada aceea, am încercat toate mâncărurile din meniul acelui restaurant.

S-a întâmplat într-o zi, la o lună după toate astea.

Mama s-a întors pe neașteptate acasă cu un pui de pisică în brațe. Ca și cum nimic nu s-ar fi întâmplat.

Pisoiul era leit Salată. Rotunjor, un ghem alb, negru și gri; o frumusețe. Semăna atât de bine cu celălalt, încât a primit numele de Varză.

Privindu-l cum se încolăcea, mama a râs: „Chiar că seamănă cu o varză."

Iar eu am zărit zâmbetul mamei, după o lună de zile.

Privindu-i chipul surâzător, am plâns.

Mai degrabă decât că „am plâns", ar fi probabil corect să spunem că pe obraji mi s-au rostogolit lacrimi. Cred că mă temusem că mama plecase undeva departe, de unde nu avea să se mai întoarcă vreodată.

Acum patru ani însă, mama chiar a plecat undeva departe.

„Oare ce soartă să fie asta, să am aceeași boală cu Salată?" a spus ea, râzând încet.

La fel ca Salată, și mama a slăbit foarte tare, iar la sfârșit părea că doarme tot timpul, așa că s-a stins în pace.

„Să ai grijă de Varză", m-a rugat.

Și uite-așa, acum mai că nu-mi vine să cred.

O să mor înaintea lui Varză. Cu siguranță că mama e supărată pe mine. „Dacă știam că o să se întâmple așa, rugam pe altcineva."

Când m-am dezmeticit, era dimineață.

După multă vreme, o visasem pe mama.

Varză a venit lângă mine și a mieunat. I-am luat în brațe trupul moale. Era pufos la atingere. Cald. Trăiesc.

Da, așa a fost. În schimbul telefoanelor, am primit o zi de viață.

Oare cât din cele ce s-au petrecut ieri a fost adevărat? Poate totul, dar n-ar fi ciudat nici ca totul să fi fost doar un vis. Însă nu văd nicăieri telefonul, care întotdeauna stătea pe masă. Și se pare că și febra care nu mă lăsa deloc s-a dus. Nici capul nu mă mai doare. Poate că târgul cu Diavolul a fost real.

Telefoanele au dispărut din lume.

Dacă stau să mă gândesc bine, telefoanele (în special telefoanele mobile!) erau de fapt lucrul la care voiam cel mai mult să renunț.

Mai ales în ultima vreme, de când mă trezeam până mă culcam, stăteam doar cu telefonul în mână. Am citit din ce în ce mai puține cărți. Am ajuns să nu mai citesc nici ziarele. Și a crescut și grămada de filme pe care voiam să le văd, dar la care nu mă uitam.

Când urcam în tren, neapărat îmi verificam telefonul. Chiar și când mă uitam la un film, îmi verificam telefonul. La masă, la fel. Când se apropia pauza de prânz, mă apuca o dorință de nestăvilit să mă uit la telefon. Chiar și când eram cu Varză, sfârșeam prin a mă uita la telefon în loc să mă joc cu el. Eram total dezgustat de puterea pe care o avea asupra mea.

Telefoanele mobile au pus stăpânire pe oameni în doar douăzeci de ani, de când au apărut. Un obiect care putea la fel de bine să nu existe controlează omenirea ca și cum ar fi ceva fără de care n-am putea trăi. Odată cu inventarea telefonului mobil, omul a inventat și temerea de a nu avea telefon mobil.

Dar poate că tot așa a fost și când au apărut scrisorile. Și cu internetul trebuie să fi fost la fel. De câte ori omul creează câte ceva, de atâtea ori pierde câte ceva. Judecând astfel, devine foarte clar de ce a acceptat Dumnezeu propunerea Diavolului.

Și-atunci, cine a fost ultima persoană pe care am sunat-o?

Nu prea vreau să-ți spun. Dar o s-o fac.

A fost prima mea dragoste. Prima prietenă.

Nu-mi spune că sunt sentimental, te rog. Nu se zice că, atunci când e în fața morții, un om își amintește prima iubire? Nu sunt decât un bărbat obișnuit, care nu se deosebește cu nimic de ceilalți oameni.

M-am ridicat încet din pat, scăldat de razele soarelui, și mi-am pregătit micul dejun ascultând radioul. O cafea, un ou ochi și o felie de pâine prăjită. Am tăiat o roșie feliuțe și am pus-o pe farfurie. După ce am terminat de mâncat, am citit pe îndelete în timp ce-mi savuram a doua cafea. Viața fără telefon. Plăcută. Am senzația că orele au devenit mai lungi și că spațiul s-a dilatat.

A venit ora prânzului.

Am închis cartea cu zgomot și m-am îndreptat spre cabina de duș. Am făcut un duș cu apă foarte fierbinte, m-am îmbrăcat cu hainele ce stăteau împăturite frumos (așa cum am spus mai înainte, albe și negre) și am ieșit din încăpere. Am plecat să mă întâlnesc cu ea.

Primul loc în care am mers după ce am ieșit afară a fost o frizerie. Până și eu înțelegeam că era absurd să te gândești că nu-ți stă bine părul când oricum aveai să mori curând, dar voiam să arăt măcar acceptabil pentru prietena mea de demult, așa că te-aș ruga să nu râzi de sentimentele mele.

După ce m-am tuns, am trecut și pe la un magazin de optică medicală și mi-am cumpărat o pereche de ochelari noi, iar apoi m-am îndreptat spre stație. Am sărit în tramvaiul verde care tocmai sosea.

Se poate să fi fost din cauză că era dimineața unei zile de lucru, dar tramvaiul era înțesat de oameni.

Dacă lucrurile ar fi fost ca de obicei, toți călătorii așezați pe scaune s-ar fi uitat la telefoane. Dar azi e altfel. Unii citesc cărți, alții ascultă muzică, în timp ce alții se uită pe geam, admirând priveliștea. Fiecare se bucură de timpul lui. Chipurile le sunt cumva luminoase.

Oare de ce, atunci când își verifică telefonul, oamenii au pe chip expresia aceea încruntată? Privind la atmosfera plină de armonie din vagon, am simțit nu doar că eu primisem o zi de viață, ci că oferisem lumii ceva minunat.

Dar oare telefoanele chiar dispăruseră cu adevărat din lumea asta?

Când mi-am aruncat ochii pe fereastră, deasupra micului restaurant de tăieței din colțul străzii comerciale (știu că Varză iese pe furiș și vine aici ca să primească pește) era panoul pe care stătea scris, ca de obicei, numărul de telefon al firmei.

Mi-am rotit privirea prin tramvai. Era plin de afișe publicitare pentru companiile de telefonie mobilă. Dar nu zăream pe nimeni care să aibă telefon. Ce să fie asta?

Dintr-odată, mi-am adus aminte. Doraemon![1] Revista de benzi desenate *Tentōmushi*, volumul 4. Acolo apărea pentru prima oară „Pălăria-pietricică“, una dintre uneltele secrete ale lui Doraemon.

Povestea spune așa.

Ca de obicei, Nobita Nobi fusese certat de părinți. „Ce bine ar fi ca nimeni să nu mă mai observe!“,

---

1. Personaj din seria japoneză de manga și anime cu același nume, Doraemon este un robot în formă de pisică ce călătorește înapoi în timp, din secolul al XXII-lea, pentru a-l ajuta pe Nobita, un băiat de zece ani, elev în clasa a V-a. Nobita este un copil bun, dar leneș și nu foarte puternic, așa că devine adesea ținta unor colegi răutăcioși. Doraemon are un buzunar cu diverse unelte cu puteri magice, care îl ajută pe Nobita să-și depășească problemele.

„Aş vrea ca toată lumea să mă lase în pace!" i s-a plâns el lui Doraemon. În acel moment, Doraemon a scos din buzunarul său cvadridimensional o unealtă. Era „Pălăria-pietricică".

Doraemon i-a explicat: „Dacă îţi pui pe cap această pălărie, vei deveni ca pietricelele împrăştiate pe drum." Cu alte cuvinte, deşi nu este nici o îndoială că ele există efectiv şi că se văd, nimeni nu le bagă în seamă.

Bucuros, Nobita şi-a pus pe cap pălăria şi, pentru o vreme, s-a bucurat că era lăsat în pace de toată lumea. Dar, încet-încet, l-a cuprins întristarea (aici Nobita se poartă exact aşa cum ne-am aştepta de la el), însă nu reuşea nicicum să-şi dea jos pălăria. A început în cele din urmă să plângă şi, udă de lacrimi, pălăria s-a desprins de pe cap, iar mama şi tata l-au văzut în sfârşit. „Ce bine e ca cineva să te bage în seamă!" spune Nobita, şi cu asta povestea se încheie. Cred că aşa era.

Ne-am îndepărtat destul de mult de la subiect, dar cumva am ajuns la concluzia că sistemul construit de Aloha era la fel cu „Pălăria-pietricică". Ce vreau să spun este că telefoanele nu încetaseră, de fapt, să existe în lumea aceasta. Doar că nimeni nu le mai băga în seamă, nu le mai dădea atenţie, intrând într-un fel de stare de hipnoză colectivă. Exact ca în povestea cu Doraemon.

Odată cu trecerea timpului, telefoanele vor dispărea în cele din urmă, încetul cu încetul. Întocmai ca pietricelele de pe drum, nebăgate în seamă de nimeni, fără îndoială că într-o zi se vor face nevăzute.

Dacă stau să mă gândesc bine, deși nu am habar la ce au renunțat cei 107 oameni care l-au întâlnit pe Aloha până acum, cu siguranță lucrurile pe care le-au înlăturat din lume sunt de fapt aici. Atâta doar că noi nu le băgăm deloc în seamă. E ca și cum, fără să fii conștient de asta, cana care îți place foarte mult sau pantofii pe care abia i-ai cumpărat nu se mai zăresc pe nicăieri.

Și oricât le-ai căuta, nu mai dai de ele. Lucruri care sub nici o formă n-ar trebui să dispară se fac nevăzute, iar asta probabil că se întâmplă deja pe undeva, fără ca noi să știm.

Tramvaiul verde a urcat două pante și a ajuns în orașul vecin.

Am coborât în stația din piața centrală și m-am îndreptat spre locul de întâlnire.

În centrul pieței trona un stâlp cu ceas. Când eram student, îmi dădeam adesea întâlnire cu prietena mea aici. În jurul lui era un sens giratoriu, iar zona era plină de restaurante, librării și magazine.

Mai aveam un sfert de oră. În mod normal, mi-aș fi verificat telefonul, dar acum am scos ediția de buzunar a unei cărți pe care o aveam la mine și m-am hotărât s-o aștept pe prietena mea citind.

Ceasul a ajuns la ora stabilită. Dar nici urmă de ea.

A mai trecut o jumătate de oră. Încă nu a apărut.

Ce să fac?

Duc involuntar mâna la telefon.

Nu mai e.

Desigur, doar l-am făcut să dispară.

Oare să fi greșit locul de întâlnire? Sau ora?

Am început să mă agit, dându-mi seama că totul era în telefonul dispărut în târgul cu Diavolul. Mai mult ca sigur că era o neînțelegere.

— Ce aiurea! mi-a scăpat fără voie.

Mă eliberasem din lanțurile telefonului, dar iată că totuși aveam nevoie de el. Cum nu mai puteam face altceva, am rămas să aștept tremurând lângă stâlpul cu ceas.

Acum că mă gândesc la asta, mai demult mormăiam adesea „Ce aiurea!". Mai exact, în facultate, când mă întâlneam cu ea.

Ea era dintr-un oraș mare, dar venise la universitatea din târgușorul ăsta.

Studentă la filozofie.

În casa în care locuia singură, avea un ventilator, un mic radiator electric și multe cărți.

Într-o vreme în care toți luau legătura unii cu alții prin telefonul mobil, ea nu avea unul. Nici măcar telefon fix nu încercase să-și pună.

Apelurile ei veneau întotdeauna de la un telefon public.

Ori de câte ori îmi apărea pe ecran mesajul „Telefon public", eram în al nouălea cer. Răspundeam imediat (chiar dacă eram la cursuri sau la slujba mea cu jumătate de normă) și vorbeam cu ea.

Cel mai rău era atunci când ratam vreun apel. Nu mai puteam decât să mă uit lung, cu ciudă, la lista de apeluri pierdute. Chiar dacă aș fi sunat înapoi, nu dădeam decât de un telefon public. În perioada aceea aveam adesea coșmaruri în care un telefon public suna fără întrerupere într-o cabină în care nu se afla nimeni.

Ca să nu ratez nici un apel de la ea, ajunsesem ca în fiecare seară să dorm cu telefonul în brațe. Căldura aparatului lipit de mine îmi amintea de căldura trupului ei, iar când deveneam conștient de asta, întotdeauna cădeam imediat într-un somn adânc.

Ieșeam împreună de jumătate de an.

Poate ca răspuns la insistențele mele, într-o zi în casa prietenei mele a apărut un telefon fix cu disc.

„L-am primit gratis", s-a lăudat ea, arătându-mi cum se rotește discul ce scotea un păcănit zgomotos.

Am sunat de nenumărate ori la acel telefon fix. Tot formând și formând numărul la nesfârșit, acesta mi-a rămas în minte, ca și cum ar fi devenit parte din mine.

Ce ciudat! N-am ținut minte nici unul din multitudinea de numere care erau salvate în agenda telefonului meu. Nici pe ale prietenilor, nici pe ale colegilor de muncă și nici măcar pe cel al părinților. Îi încredințasem telefonului pe deplin memoria și legăturile mele cu oamenii. Dându-mi seama de asta, am avut senzația că ceea ce se petrecuse fusese un lucru înfricoșător.

Ieri, când am încercat să-mi aduc aminte un număr, orice număr care să fie parte din mine, singurul care mi-a venit în minte a fost al ei. Se pare că ajunsesem ca în cele din urmă să mă bazez pe legătura pe care o crease propria memorie corporală.

Erau deja șapte ani de când ne despărțiserăm. Dar voiam s-o întreb un lucru.

Mi-a răspuns și mi-a spus că lucra la un cinematograf din orașul ei și că exact în ziua următoare era ziua ei liberă. Recunoscător pentru această coincidență, am aranjat o întâlnire cu ea.

„Pe mâine, atunci!"

Vocea ei rostind aceste cuvinte era neschimbată, la fel ca în studenție, ceea ce m-a făcut să simt că mă întorsesem cu șapte ani în urmă.

Trecuse o oră de când așteptam lângă stâlpul cu ceas, iar picioarele îmi înghețaseră atât de tare, încât mi se părea că s-au transformat în pietrele de pe caldarâm. Atunci am zărit-o venind cu pas iute.

Nu se schimbase nimic la ea în acești șapte ani. Nici hainele, nici mersul. Singurul lucru care nu era la fel era părul, care altădată îi ajungea până la umeri, iar acum și-l tunsese scurt.

Văzându-mi chipul alb ca varul, m-a întrebat îngrijorată:

— Ce-ai pățit? E totul în regulă?

Primul cuvânt pe care mi l-a spus n-a fost nici „Ce mai faci?“, nici „Nu ne-am văzut de mult!“, ci „E totul în regulă?“, iar asta m-a întristat teribil. Am început să vorbim și am înțeles că eu fusesem cel care încurcase ora întâlnirii.

— Ce aiurea! am spus.

Iar ea mi-a răspuns râzând:

— Chiar așa?

— S-ar putea să mor curând.

I-am mărturisit asta în timp ce sorbeam din cafeaua caldă, în cafeneaua unde am intrat împreună.

A rămas tăcută o vreme, apoi a sorbit încet din ciocolata ei caldă. Și apoi, întorcându-se spre mine, mi-a spus:

— Chiar așa?

Eram șocat de lejeritatea răspunsului ei.

În mintea mea, avusesem trei scenarii de răspuns:

1. „Cum așa? Ce s-a întâmplat?“

2. „Dacă e ceva ce pot să fac pentru tine, spune-mi!“

3. „... (suspine în tăcere)“

Reacția ei fusese chiar sub nivelul 1.

Pe de altă parte, dacă mă gândeam bine, și eu fusesem destul de calm când mi se spusese că am să mor. Dacă nici măcar eu nu reușisem să pricep pe deplin, era normal ca un străin să nu poată să fie surprins, să dispere, să jelească.

Oare de ce oamenii se așteaptă ca alții să poată face ceea ce ei nu pot? Îmi dorisem oare ca ea să fie surprinsă sau poate să se întristeze?

— Dar cum de așa... deodată...?

— Păi... e cancer, știi...

— Aha... Îmi pare rău. Dar nu pari deloc trist.

Atât de neașteptat reacționează oamenii când află că s-ar putea să moară?

Mda, nu puteam să-i spun că Diavolul îmi făcuse oferta de a-mi prelungi viața. E imposibil să existe în lumea asta vreun om care să vrea ca prima lui dragoste să creadă despre el că și-a pierdut mințile. Și de fapt nu despre asta voiam să vorbesc cu ea.

— Și-atunci...

— Ce?

— Când afli că s-ar putea să mori, ajungi să-ți dorești să pui niște întrebări despre tine, să afli niște lucruri.

— Aha, deci așa?

— Ca să fiu sincer, vrei să știi dacă viața ta de până atunci a avut vreun sens.

— Da, sigur că ajungi să te gândești la asta.

— Da, mă tot gândesc. Așa că aș vrea să-mi spui ce-ți amintești din povestea noastră. Lucruri oricât de neînsemnate.

Îi spusesem toate acestea vorbind foarte repede, așa că am băut dintr-o înghițitură cafeaua, care între timp se răcise.

Mormăind nemulțumită tot felul de lucruri, precum „Dacă-i vorba de asta, aș fi preferat să-mi spui dinainte", a căzut pe gânduri. Mă simțeam ciudat să stau acolo pur și simplu, așa că m-am dus la toaletă și nu m-am grăbit să revin la locul meu.

— Îmi amintesc de câte ori mergeai la toaletă.

— Poftim?

— De multe ori.

Acesta a fost primul lucru pe care mi l-a spus.

— Și stăteai mult. Deși ești bărbat.

Poftim? Dintr-odată vorbeam despre asta?

Și nici măcar nu-mi spusese asta vreodată. Dar, dacă mă gândeam bine, e adevărat că mergeam de multe ori și stăteam mult. Când merg la toaletă, încep să-mi vină în minte tot felul de gânduri, unul după altul, și intru parcă într-o altă lume. Fac ce am de făcut și mă spăl pe mâini fără nici o grabă. Spre deosebire de mine, ea mergea la toaletă foarte rar, și, chiar și atunci când intram deodată, ieșea mai repede decât mine și mă aștepta întotdeauna.

— Apoi, oftai des. „Cât se frământă pentru toate problemele vieții!" mă gândeam mereu.

— Așa, deci?

— Și nici nu beai alcool deloc.

— Îmi pare rău.

— A, da, și încă ceva. Niciodată nu te puteai hotărî ce să comanzi când mergeam la un restaurant, deși ești bărbat. Și întotdeauna comandai *curry*. Iar dacă mă enervam, imediat te supărai și nu-ți trecea prea curând.

Mi-a spus toate astea dintr-o suflare și apoi a sorbit încet o gură din ciocolata caldă, cu o expresie de nemaipomenită mulțumire.

Hm, asta să fie povestea pe care s-o aud la sfârșitul vieții? Și care era sensul vieții mele de până acum? Valoarea ei?

Ce inimă de piatră! Asta e tot ce-și amintea despre bărbatul pe care îl iubise odată? Nu, nu avea inima de piatră. Și ea, ca toate femeile din lume, era dură și insensibilă când venea vorba de bărbații din trecutul ei. Cu siguranță asta era, încercam eu să mă conving singur.

— Ah, și încă ceva. Deși la telefon vorbeai cu mine o grămadă de lucruri, când ne întâlneam față în față, nu-mi spuneai nimic.

Da, așa era, cu siguranță.

Pe-atunci, puteam vorbi la telefon și două sau trei ore. Deși nu locuiam decât la o jumătate de oră unul de altul, câteodată stăteam la telefon chiar și opt ore și râdeam adesea spunând că, dacă tot făceam asta, ar fi fost mai ușor să ne întâlnim și să stăm de vorbă.

Dar nu se întâmpla așa. Când ne întâlneam, nu aveam despre ce să vorbim. La telefon, deși fizic eram departe unul de altul, sufletește ne simțeam aproape, iar asta ne făcea să povestim mult, iar discuțiile noastre înfloreau chiar și în jurul celor mai neînsemnate subiecte.

Și totuși, părerea ei despre mine nu era prea grozavă. Ar fi putut să-mi ofere un bonus, așa... ca de final. Simțeam că mi se frânge sufletul, dar am continuat.

— Dar chiar și așa, fără nici o valoare cum eram, ai stat cu mine trei ani și jumătate.

— Da, chiar! Și totuși...

— Totuși...?

— Îmi plăceau telefoanele tale. Îmi vorbeai despre melodii neînsemnate sau despre romane, iar lumea întreagă părea să se schimbe, și îmi plăcea de tine. În ciuda faptului că nu spuneai nimic când ne întâlneam.

— Da, ai dreptate. La fel și eu, când te ascultam povestindu-mi un film pe care-l văzuseși în ziua aceea, aveam senzația că lumea era altfel.

Am continuat să povestim, aproape fără oprire.

Despre cel mai slab coleg, care acum ajunsese să aibă o sută douăzeci de kilograme. Despre cea mai ștearsă colegă de-ale noastre, care s-a căsătorit imediat după absolvire, iar acum avea patru copii.

În timp ce ne depănam amintirile, afară s-a lăsat întunericul, și am decis s-o conduc până acasă.

Locuia într-o cameră la etaj, în imobilul cu cinematograful la care lucra.

— Până la urmă te-ai căsătorit cu filmul, i-am spus eu.

— Haide, haide, termină cu glumele astea! mi-a răspuns ea, râzând.

— Și tatăl tău cum e? Bine, sănătos? m-a întrebat ea în timp ce mergeam pe strada pavată cu pietre cubice.

— Hmm... nu prea știu.

— Deci încă nu v-ați împăcat...

— Nu l-am mai văzut de când a murit mama.

— Mama ta spunea mereu că și-ar dori să vă împăcați.

— Se vede că n-am putut să-i împlinim așteptările...

Cam după jumătate de an de când începuserăm să ieșim împreună, am dus-o acasă la ai mei.

Tata n-a ieșit din atelierul lui deloc, dar mamei i-a plăcut mult de ea, a servit-o cu prăjituri, apoi cu mâncare, apoi iar cu prăjituri, de parcă nu mai voia s-o lase să plece. „De fapt, mi-am dorit o fată“, i-a mărturisit. Mama nu avea decât frați, și chiar și Salată și Varză erau tot masculi.

După asta, fără ca eu să știu, mama a mai invitat-o la noi și se pare că ieșeau adesea împreună să se distreze.

— Mama ta a fost un om foarte frumos, a spus ea, zâmbind.

— Da?

— „S-a deschis un restaurant nou!“ îmi spunea, și apoi mă ducea acolo. M-a învățat și să gătesc. Și mergeam adesea la muzeu împreună.

— La muzeu?! Habar n-am avut.

Mama a murit la trei ani după despărțirea noastră.

La înmormântare, ea a plâns tremurând și l-a ținut în brațe pe Varză tot timpul, până s-a terminat ceremonia. Cred că nu suporta să-l vadă cât de dezorientat era și cum se învârtea de colo-colo prin casă.

Chiar și după ce ne-am despărțit, mama îmi spunea mereu: „Ce fată bună era!“ Cred că mi-am dat seama de sensul vorbelor ei abia când am văzut-o cum plângea, ținându-l în brațe pe Varză.

— Varză e bine?

— E bine, sănătos.

— Dar ce-o să faci? Dacă tu mori, cine o să aibă grijă de el?

— O să rog pe cineva, cu siguranță.

— Dacă nu găsești pe nimeni, anunță-mă.

— Mulțumesc.

La capătul din vale al pantei abrupte începuseră să se zărească luminile cinematografului. Trecuse multă vreme de când îl văzusem ultima dată, iar acum, nu știu de ce, părea că s-ar fi micșorat. Atunci, demult, mi se părea mult mai mare și mai strălucitor.

Avusesem aceeași senzație și când așteptam lângă stâlpul cu ceas. Agenția imobiliară, restaurantele, afterschoolul. În afară de supermarket, care se modernizase, nimic altceva nu se schimbase prea mult. Și totuși, eu cel de-acum aveam senzația că orașul, cu care eram atât de obișnuit, devenise mai mic, că se transformase într-un fel de miniatură. Am încercat să înțeleg dacă orașul era cel care se micșorase sau percepția mea asupra lucrurilor era augmentată. Sau poate că era vorba de ambele...

— Auzi?

— Ce?

— De ce crezi că noi doi ne-am despărțit?

— Ce-ți veni, așa, dintr-odată?

— Sigur am avut un motiv, dar nu pot nicicum să mi-l aduc aminte.

De fapt, intenționasem ca aceasta să fie ultima întrebare pe care să i-o pun astăzi.

De ce ne-am despărțit noi doi?

Poate că relația noastră să fi obosit și sentimentele să ni se fi stins, dar, oricât de mult mă gândeam, nu reușeam să-mi aduc aminte un motiv decisiv.

După câteva clipe de tăcere, s-a întors brusc spre mine:

— Îți mai aduci aminte?

— Ce anume?

— Care e mâncarea mea preferată?

Ce întrebare neașteptată. Au trecut cincisprezece secunde.

— Hmm.... creveți pane?

— Greșit! *Tempura* de porumb!

Fusesem aproape. Era doar un alt fel prăjeală. Dar unde voia să ajungă cu asta?

— Așa... și animalul meu preferat?

— Poftim? Ăăă...

— Maimuța japoneză!

N-am apucat nici măcar să confirm că îmi amintisem.

— Și băutura mea favorită?

Oare care era? Nu-mi aminteam absolut deloc.

— Ăăă... îmi pare rău. Mă dau bătut.

— Ciocolată caldă. Am băut și mai înainte. Ai și uitat?

Da, așa era. Mi-am adus aminte. Îi plăcea *tempura* de porumb; comanda de fiecare dată când venea sezonul ei și spunea mereu că e mâncarea care-i place cel mai mult din lume. Când mergeam la grădina zoologică, nu se dezlipea de delușorul pe care se adunau maimuțele japoneze și, indiferent dacă era iarnă sau vară, întotdeauna bea ciocolată caldă.

De fapt, nu uitasem toate astea. Doar că nu mi le mai aduceam aminte. Peste inima mea pusesem un capac ca o piatră grea, din cele care se așază deasupra murăturilor, încercând probabil să blochez orice amintire legată de ea.

Am auzit mai demult că, pentru a putea să ții minte ceva, trebuie să uiți ceva. Că uitarea există pentru a putea să mergi înainte. Oare chiar așa să fie? Aflându-mă deodată înaintea morții, tot ce-mi aminteam erau doar nenumărate lucruri fără nici o însemnătate.

— Omul uită, e drept. Dar e exact așa cum m-am așteptat. Și cu motivul despărțirii noastre e la fel. Nu e unul dintre acele lucruri pe care să merite să ți le amintești.

— Așa să fie?

— Dacă e să ne gândim de unde a început totul, atunci probabil că a fost excursia de după absolvire.

— ...La Buenos Aires? Ce amintiri!

Pe atunci, noi doi nu ieșeam din oraș. Ne întâlneam, e drept, dar la întâlnirile noastre romantice nu făceam de fapt decât să ne învârtim prin oraș, dându-i roată, ca la Monopoly. Și cu toate acestea, nu ne plictiseam niciodată.

Când terminam orele, ne dădeam întâlnire la bibliotecă, apoi mergeam să vedem un film la cinematograf, pe urmă beam o cafea în liniște la cafeneaua noastră obișnuită, după care făceam sex în apartamentul ei. Câteodată ea pregătea pachețele cu mâncare, luam telecabina până în locul de unde orașul se vedea cel mai frumos, acolo mâncam, iar asta ne era suficient.

Dacă stau acum să mă gândesc la toate astea, mi se pare incredibil, dar cred că percepția asupra mărimii orașului se potrivea perfect cu felul în care resimțeam propria noastră dimensiune.

Am ieșit împreună aproape trei ani și jumătate. În tot acest timp, o singură dată am mers într-o excursie în străinătate.

Argentina, Buenos Aires.

A fost prima și ultima oară când am ieșit din țară.

Eram fascinați de un film al unui regizor din Hong Kong, a cărui acțiune se petrecea în Buenos Aires, și am hotărât să mergem acolo în excursie în ultima noastră vacanță ca studenți.

Am luat o cursă ieftină, cu escală, a unei companii americane (ne-a fost însă foarte frig tot drumul, iar mâncarea parcă era nisip), iar după douăzeci și șase de ore am ajuns la Buenos Aires.

De la Aeroportul Internațional Ezeiza, am luat un taxi dubios către El Centro. Ne-am năpustit în camera de hotel și ne-am prăbușit pe pat. Dar n-am putut adormi. Deși ar fi trebuit să fim rupți de oboseală, ceasul intern ne funcționa încă după ora Japoniei și nu reușeam să adormim. Eram de cealaltă parte a lumii.

Am renunțat la ideea de a dormi, ne-am dat jos din pat și am decis să plecăm la plimbare prin oraș.

Străzile pavate răsunau de muzica acordeoanelor și erau pline de dansatori de tango. Cerul coborâse, atârnând peste Buenos Aires, iar noi, admirând priveliștea orașului, ne-am îndreptat spre Cimitirul Recoleta. Am rătăcit pe aleile sale ca un labirint până când am găsit într-un final mormântul Evitei. Prânzul l-am luat într-o cafenea, unde am ascultat melodii de tango interpretate de un chitarist bătrân, cu părul cărunt.

Seara, am luat autobuzul și am mers în La Boca. După un drum de vreo jumătate de oră, autobuzul a ieșit de pe străduțele înguste, și în fața ochilor ni s-a înfățișat un oraș plin de culoare. Galben-muștar pe un albastru-turcoaz, verde de smarald și roz-portocaliu. Clădiri de lemn în culori pastelate se înșirau înghesuite una într-alta. Ne-am plimbat prin orașul ca de jucărie ce strălucea în lumina înserării, iar când s-a lăsat întunericul am mers în San Telmo, la *tangueria*[1] La Ventana. Patima tangoului ne-a purtat într-o altă lume.

---

1. Bar de tango (în span., în orig.).

Timp de câteva zile după aceea, parcă amețiți de fierbințeală, am bătut încontinuu străzile orașului.

La același hostel unde eram cazați stătea și Tom. Îl chema Tom, dar era japonez.

Era un tânăr de douăzeci și nouă de ani, care își lăsase slujba de la o companie de media, iar acum călătorea prin lume.

Când se făcea seară, mergeam cu Tom la un magazin din apropiere, cumpăram vin, carne și brânză și, noapte de noapte, stăteam la povești în timp ce mâncam în bucătăria comună.

Tom ne-a povestit multe despre lume. Despre vacile sfinte din India, despre băieții-călugări budiști din Tibet, despre Moscheea Albastră din Istanbul, despre nopțile albe din Helsinki, despre marea nesfârșită pe care o văzuse în Lisabona.

Tom bea până se cherchelea bine, iar poveștile curgeau una după alta, ca într-un vis.

„Sunt multe lucruri crude în lumea asta. Dar sunt și tot atâtea lucruri frumoase."

Lucrurile pe care ni le povestea el erau pentru noi, cei care doar ne învârtiserăm în cerc în orășelul nostru, aproape inimaginabile. Dar Tom se alătura poveștilor noastre, câteodată râzând, câteodată plângând. De cealaltă parte a lumii, noi trei povesteam fără oprire.

Dar într-o zi, când se apropia momentul revenirii noastre în Japonia, Tom nu s-a mai întors la hostel. L-am așteptat îndelung, am băut vinul, dar el n-a mai venit. În dimineața următoare am aflat că murise.

Plecase să vadă o statuie a lui Cristos aflată la granița dintre Argentina și Chile, iar autobuzul cu care mergea se răsturnase într-o prăpastie.

Ne simțeam exact ca într-un vis. Nu aveam deloc sentimentul realității. Aveam senzația că Tom urma să intre pe ușă din clipă-n clipă, cu sticla de vin într-o mână, și să strige: „Hai să bem!" Dar Tom nu s-a mai întors. A fost o zi complet ireală, de parcă am fi plutit fără oprire deasupra norilor.

În ultima zi, ne-am dus să vedem Cascadele Iguazú. De la aeroport, am mers treizeci de minute cu mașina. Pe urmă, după două ore de mers pe jos, am ajuns la „Gâtlejul Diavolului". Apărea și în filmul acela din Hong Kong și se afla în vârful celei mai mari cascade din lume.

Șuvoaie imense de apă cădeau cu o forță zguduitoare.

Era o priveliște pulsând de violența naturii.

Dintr-odată, mi-am dat seama că, lângă mine, ea plângea.

Plângea în hohote. Însă oricât de tare plângea, hohotele și suspinele ei erau șterse de zgomotul cascadei.

În acea clipă, am realizat. Tom murise. Nu-l mai puteam întâlni. Nu mai puteam sta la povești până noaptea târziu, nu mai puteam bea împreună, nu mai puteam mânca împreună. Era pentru prima oară în viața noastră când și eu, și ea simțeam realitatea morții.

Iar ea stătea plângând acolo, în locul acela în care omul era atât de lipsit de orice putere.

Nefiind în stare să mai fac nimic, am rămas privind fără țintă la spuma albă a apei învolburate ce era înghițită în adâncurile pământului.

Ne-am întors în Japonia de la Buenos Aires, făcând pe drum tot atât cât făcuserăm și la dus. Douăzeci și șase de ore. În tot acest timp, nici unul din noi n-a scos nici un cuvânt.

Poate că vorbiserăm prea mult la Buenos Aires. Nu, cu siguranță nu era asta. Nu am reușit să găsim ceva despre care să putem vorbi. Nu era vorba despre faptul că nu spuneam nimic, ci că nu puteam spune nimic.

Eram atât de aproape unul de altul, și totuși nu puteam să dăm glas gândurilor. Nu puteam vorbi. Era cumplit. Și nici măcar asta nu o puteam spune în cuvinte.

Douăzeci și șase de ore fără să scoatem o vorbă. Am simțit amândoi că acela era sfârșitul.

Ce ciudat! Exact cum împărtășisem același sentiment al începutului, am avut amândoi în același timp presentimentul sfârșitului.

Nemaiputând să suport lungile ore pline de tăcere, am început să răsfoiesc ghidul turistic din avion. Conținea fotografii ale unui masiv lanț muntos. Aconcagua. Cel mai înalt munte din America de Sud, aflat la granița dintre Argentina și Chile. Am dat mai departe. Și, deodată, pe vârful unui munte, dominând totul în jur, a apărut statuia lui Cristos. Oare Tom reușise să o vadă? Sau murise înainte de asta?

Mi-am lăsat imaginația să zboare.

Tom coboară din autobuz și admiră întinderea imensă ce se desfășoară sub crestele munților. Când își întoarce privirea, zărește umbra unei cruci uriașe. Se uită în sus: gigantica statuie a lui Cristos își deschide brațele. Tom privește printre pleoape strălucirea minunată a siluetei statuii ce parcă ține soarele în spate.

Ochii mi s-au umplut de lacrimi. N-am mai putut suporta și m-am uitat pe fereastra avionului.

Jos se vedea oceanul acoperit de ghețari, întinzându-se la nesfârșit. Apa înghețată, pictată în violet de strălucirea serii era de o frumusețe cumplită.

După douăzeci și șase de ore, ne-am întors în orașul desprins din Monopoly.

„Pe mâine!“ mi-a spus ea ca de obicei, și a luat-o în jos, pe drumul de la gară. Am petrecut-o cu privirea, uitându-mă în tăcere cum silueta ei se îndepărta, dreaptă.

În săptămâna care a urmat, ne-am despărțit. Am făcut-o în doar cinci minute, la telefon. Povestea noastră s-a terminat cu o conversație oficială, exact ca o procedură de la primărie. Până atunci, vorbisem cu ea peste o mie de ore la telefon. Am lăsat să se termine o relație clădită în peste o mie de ore de vorbit la telefon într-o conversație de doar cinci minute.

Noi doi obținuserăm un confort al conectării imediate prin telefon, dar pierduserăm în schimb timpul în care puteam să ne gândim unul la altul, să ne lăsăm imaginația să zboare. Telefonul ne furase timpul în care am fi putut aduna amintiri și sentimente și îl făcuse să se evapore.

În fiecare lună îmi venea factura la telefonul mobil. Douăzeci de ore de convorbiri. 12 000 de yeni.

Oare purtaserăm conversații care să justifice acei bani? Oare cât costase un cuvânt?

Nici chiar acel telefon, la care reușiserăm să purtăm atâtea conversații nesfârșite, n-a mai putut să ne lege. Iar când am ieșit în lumea din afara spațiului Monopoly, ne-am dat seama că ceea ce susținuse relația noastră fuseseră regulile din Monopoly.

Dintre noi dispăruse orice urmă de dragoste. Pur și simplu continuaserăm jocul după niște reguli stabilite. Iar cele câteva zile pe care le petrecuserăm la Buenos Aires ne-au făcut să înțelegem într-o clipită că regulile acelea nu aveau nici un sens.

Și totuși, în adâncul sufletului meu, zăcea încă o fărâmă de durere.

Atunci.

Mă întreb chiar și acum.

Atunci, în avion, dacă am fi avut un telefon?

Dacă ar fi fost așa, poate nu ne-am fi despărțit.

Poate că am fi renunțat la Monopoly și am fi început un joc nou.

Îmi imaginez.

În avion. Douăzeci și șase de ore.

Dumnezeu ne împrumută un telefon.

Eu sun pe cineva.

Pe ea. Pe ea, care stă lângă mine.

La ce te gândești acum?

Dar tu le ce te gândești?

Sunt tristă.

Mă simt singur.

Mă gândesc la tine.

Ce faci după asta?

Ce să facem după asta?

Vreau să ajung mai repede înapoi.

Și eu.

Ce-o să faci după ce ajungem?

Ce să facem după ce ajungem?

Să ne mutăm împreună?

Poate că ar fi bine.

Hai să bem o cafea acasă.

Eu cred că o să beau o ciocolată caldă.

Am fi reușit să vorbim. Să fi avut un telefon!

Am fi reușit să vorbim chiar și timp de douăzeci și șase de ore.

Putea să fie și o conversație despre nimicuri. Ar fi fost grozav doar să ajungem să ne întrebăm cum ne simțim, să reușim să ne transmitem sentimentele. Ar fi fost grozav să avem măcar un telefon. Dar acolo n-a fost nimic.

„Pe mâine!" mi-a spus ea în gară, când ne-am despărțit.

Chiar și acum îmi mai amintesc câteodată de surâsul ei abia zărit din clipa în care, la sfârșit, mi-a spus acele două cuvinte. Surâsul acela mi s-a cuibărit în adâncul sufletului, luând forma unei fărâme de durere care-și arată chipul în zilele ploioase, exact ca o cicatrice veche.

Dar dacă stau să mă gândesc bine, port în suflet multe asemenea fărâme de durere. Să fie aceste mici dureri ceea ce oamenii numesc „regrete"?

— Știi, azi…

Vocea ei m-a readus brusc la realitate. Când m-am dezmeticit, mi-am dat seama că ajunseserăm deja în fața cinematografului.

— Da?

— Iartă-mă, azi ți-am spus numai lucruri îngrozitoare.

— Nu, deloc. A fost interesant.

— Dar, știi, mi-am ținut promisiunea.

— Hm?

Iar o să spună că am uitat.

— N-am făcut o promisiune? Când ne vom despărți, să-i spunem celuilalt tot ce nu ne-a plăcut la el.

Da, așa era. Sigur făcuserăm o promisiune. Să spunem tot ce nu ne-a plăcut la celălalt, dacă aveam să ne despărțim vreodată. Pentru că viața avea să continue și după aceea, și era în firea lucrurilor și de datoria noastră ca iubiți să ne fim învățători într-ale vieții – așa ceva am spus, fără nici o urmă de stânjeneală. „Nu-mi pot imagina acum că m-aș despărți de tine!" a răspuns ea atunci. Și eu simțeam la fel.

— Ți-am spus totul acum, înainte să mori. Tot ce nu mi-a plăcut la tine.

A râs fericită.

— Îți sunt recunoscător că ți-ai ținut promisiunea, dar nu sunt chiar lucrurile pe care aș fi vrut să le aud înainte să mor, am râs și eu.

Când ne-am început povestea de iubire, nu mi-am imaginat că avea să vină o zi în care totul se va termina. Credeam că dacă eu eram fericit, și ea era la fel. Dar uite că vine o vreme când lucrurile nu mai stau așa. O vreme când tu ești fericit, dar cel de lângă tine e trist.

Dragostea are invariabil un sfârșit. Și chiar dacă înțelege că acesta este inevitabil, omul tot iubește.

Probabil că și cu viața e la fel. Nu e nici o urmă de îndoială că viața are un sfârșit, dar, chiar dacă știe asta, omul tot o trăiește. La fel ca dragostea, viața pare scânteietoare tocmai pentru că are un sfârșit.

— Deci tu o să mori curând, nu?

Rostind aceste cuvinte, ea a deschis ușa grea a cinematografului.

— Cum poți s-o spui cu atâta ușurință?

— O să-ți pun un film care-ți place, pentru ultima oară. Hai să-l vedem împreună!

— Mulțumesc.

— Atunci, pe mâine, la ora nouă, aici. Proiecția începe după ce se termină programul. Să aduci un film care-ți place.

— Am înțeles.

— A, și o ultimă întrebare.

— Încă una?

— Care e locul care-mi place mie cel mai mult?

Care să fie? Nu-mi aminteam deloc.

— Da, e clar că nu-ți aduci aminte. Îți las răspunsul ca temă pentru mâine.

Cu aceste cuvinte, a închis ușa.

— Pe mâine! mi-a spus ea de după sticla ușii.

— Pe mâine, i-am răspuns eu sticlei.

Împrejur, întunericul învăluise totul.

Am rămas câteva clipe privind în sus, la cinematograful de cărămidă pe care se reflectau strălucirile verzi și roșii ale firmei luminoase.

Fusese o zi stranie.

Telefoanele dispăruseră din lume. Dar oare ce pierdusem eu odată cu asta?

Îi încredințasem telefonului amintirile mele și relațiile mele cu oamenii, iar când acesta a dispărut dintr-odată, m-a cuprins panica. Și pe lângă asta, cel mai neplăcut a fost că totul se desfășura cu dificultate. Neputința pe care o simțisem când așteptam de unul singur lângă stâlpul cu ceas fusese inimaginabilă.

După inventarea telefonului, și apoi a telefonului mobil, oamenii nu au mai ratat întâlnirile, și chiar și faptul de a stabili locul și timpul unei întâlniri și-a pierdut sensul. Însă în mine rămăseseră adânc întipărite și frustrarea de a nu reuși să dai de cineva, și sentimentul cald al așteptării, și frigul ce te făcea să nu te poți opri din tremurat.

„Ah!" În clipa aceea mi-am amintit. „Aici."

Întrebarea ei. Locul care îi plăcea cel mai mult. Aici era: cinematograful acesta.

Așa îmi spusese mai demult.

Avea mereu senzația că cinematograful acesta aștepta să se deschidă o dată doar pentru ea. Că acest spațiu avea să se desăvârșească doar când ea se va așeza pe locul ei.

Asta spunea mereu.

Îmi amintisem răspunsul corect! Trebuie să i-l spun.

Am băgat mâna în buzunar să caut telefonul mobil.

Nu-i aici. Ah, da, nu e.

Ce enervant! Voiam să-i dau răspunsul imediat. Mi-am ridicat privirea spre cinematograf în timp ce am pornit încet înapoi spre gară.

Atunci mi-am dat seama. Sentimentul acesta era același cu cel pe care-l aveam pe când eram student și așteptam un telefon de la ea. Tocmai clipele pline de frustrare în care nu puteam vorbi cu ea atunci, imediat erau cele în care mă gândeam la ea neconTenit.

Ca în vremurile de demult, când oamenii tânjeau după răspunsul la o scrisoare ce ajunsese la destinatar.

La fel e și cu darurile. Nu e vorba de lucrul în sine, ci de acea clipă în care, alegând cadoul, îți imaginezi chipul plin de fericire al persoanei care îl va primi.

„Ca să câștigi ceva, trebuie să pierzi ceva."

Dintr-odată, mi-au venit în minte cuvintele mamei.

Ziua aceea. Ziua în care mama n-a mai strănutat și nu i-a mai curs nasul.

Asta mi-a spus blând, dar ferm, în timp ce-l mângâia pe Salată, care dormea încolăcit.

Privind spre cinematograf, mă gândeam la iubita mea.

„Deci tu o să mori curând, nu?"

Cuvintele ei atârnau greu.

Brusc, am simțit o durere ascuțită în partea dreaptă a capului. Aveam o apăsare în piept și nu puteam respira. M-a învăluit o senzație cumplită de rece și nu reușeam să mă opresc din tremurat. Dinții îmi clănțăneau cu putere.

Deci chiar voi muri.

Nu, nu vreau să mor.

Nu m-am mai putut ține pe picioare și m-am așezat pe vine în fața cinematografului.

— Nu vreau să mor!!! am auzit dintr-odată o voce și m-am întors surprins.

Era Aloha.

— Te-ai speriat? Te-ai speriat, nu?

Pe frigul acela sub limita înghețului, iată-l acolo, în pantaloni scurți asortați la cămașa hawaiiană și cu ochelarii de soare pe cap. Doar că în loc de cămașa cu palmieri și mașini americane purta una cu delfini și plăci de surfing.

Ah, nemernicul… are tupeul să-și schimbe hainele. Mi se urcase sângele la cap, dar nu-mi permiteam să mă enervez.

— Aaah, întâlniri romantice… cât de invidiez! Te-am urmărit toată ziua azi. Chiar pare că te-ai simțit foarte bine.

— De unde m-ai văzut? l-am întrebat eu plin de o sudoare rece.

— De-acolo, a spus el, arătând spre cer.

Chiar nu mai aveam chef de el.

— Dar acum, serios. Încă nu vrei să mori, nu-i așa? Ai început să te simți atașat de viață, nu?

— ...da... nu știu ce să zic...

— Sigur așa e! Nu vrei să mori! Așa e, cu siguranță! Toți sunt așa.

Era jenant, dar trebuia să-i dau dreptate.

Ca să fiu mai exact, probabil că nu era vorba despre faptul că nu voiam să mor. Doar că nu mai puteam suporta groaza de dinaintea morții.

— Așa, și-acum, următorul! Am decis care va fi următorul lucru care va dispărea!

— Ce?

— Ăsta!

Spunând asta, Aloha mi-a arătat cinematograful.

— Ce zici? Faci să dispară filmele? În schimbul vieții tale.

— Filmele... am șoptit privind pierdut, ca prin ceață, cu vederea împăienjenită, cinematograful.

Cinematograful la care am mers aproape în fiecare zi cu ea. Nenumăratele filme.

Coroane, cai, clovni, nave spațiale, pălării argintii, mitraliere, pielea dezgolită a unei femei... prin minte îmi treceau una după alta scene disparate din filme.

Clovnul râdea, navele spațiale pluteau, caii au început să vorbească.

Un coșmar!

— Ajutor! am strigat cu o voce gâtuită și mi-am pierdut cunoștința.

Miercuri:
și dacă filmele ar dispărea din lume

„Dacă privești viața de aproape, e o tragedie, dar dacă te uiți la ea din depărtare, e o comedie."

Așa mi-a spus acel bărbat cu pălărie argintie și frac un pic cam larg, în timp ce-și legăna bastonul.

M-a impresionat. Asupra mea, celui de acum, cuvintele acelea au lăsat o impresie profundă. Am vrut să-i transmit gândurile mele, dar nu-mi găseam cuvintele.

El a continuat: „Există ceva la fel de inevitabil ca moartea. Viața."

Și exact așa este. Am înțeles asta pentru prima oară atunci când m-am gândit că s-ar putea să mor. Faptul că moartea și viața au aceeași valoare. Pentru mine însă echilibrul acesta este îngrozitor.

Până acum, am încercat să trăiesc cât de bine am putut. Dar n-am rămas decât cu regrete. Viața mea este strivită de presiunea puterii morții.

Părând parcă să știe la ce mă gândesc, omul în frac se apropia, mângâindu-și mustăcioara periuță.

„Ce rost are să te gândești la sensul acestor lucruri? N-are nici o importanță. Viața este frumoasă, minunată. Chiar și pentru o meduză.“

Cu siguranță așa stau lucrurile. Probabil că orice lucru are un sens al existenței sale. Și meduzele și pietrele de pe marginea drumului, chiar și apendicele – toate au un sens. Cu siguranță.

Iar dacă vedem lucrurile astfel, atunci când eu fac ca ceva să dispară din lume, fapta mea nu este oare un păcat greu? Până și existența meduzei are un sens. Dar eu, ființa pentru care sensul existenței este neclar, s-ar putea de fapt să mă situez mai jos decât o meduză.

Bărbatul se apropia.

Da. Bărbatul acela e, fără îndoială, Charlie Chaplin.

Chaplin stă în picioare în fața mea și-și acoperă fața cu pălăria argintie.

„Miaaau!“ face el și, dând în același timp pălăria la o parte, își descoperă chipul, care este al unei pisici.

Încerc să strig, dar vocea îmi e gâtuită. Sar din pat.

Mă uit la ceasul de mână. E nouă dimineața.

Părând foarte îngrijorat, Varză miaună, ghemuit lângă perna mea.

Îl mângâi încet. E moale și cald. Pufos la atingere. Senzația vieții.

Mintea începe în sfârşit să-mi funcționeze și încep, încetul cu încetul, să-mi amintesc câte puțin din ce s-a întâmplat cu o seară în urmă.

Tremurând incontrolabil de frig, m-am prăbușit în fața cinematografului.

Ce s-a întâmplat după aceea mi-a dispărut complet din memorie. Ce mi-a rămas în corp acum e doar o ușoară durere de cap și o senzație de febră.

— Ei, ei! Ce e? Gata cu exagerările! strig eu din bucătărie.

Nu, nu sunt eu. E Diavolul, cu înfățișarea mea.

— Mai lasă-mă! E doar o răceală…

— O răceală? Adică…?

Ochii mă dor de la roșul intens al cămășii lui.

— Păi nu era decât o răceală! Mi-a fost destul de greu să te car până aici. Cât oi fi eu de diavol, ce e greu, e greu!

Aloha mi-a turnat apă fierbinte în cană, a dizolvat niște miere, a stors puțină lămâie și a amestecat totul cu o linguriță.

— Îți era așa de rău că am crezut că o să mori. Că s-a terminat.

Exasperat, Aloha mi-a adus cana și a pus-o lângă pernă.

— Îmi pare rău…

Am sorbit încet din băutura cu gust bun, dulce-acrișor.

— Până acum, n-am ratat nici măcar o dată partea cu prelungirea vieții! Dacă s-ar întâmpla așa ceva, Dumnezeu s-ar înfuria pe mine!

— O să am grijă de-acum încolo…

— Dar tu nu ești în poziția de a vorbi despre „de-acum încolo". Dacă nu ești conștient de asta, avem o problemă!

Teoria lui Aloha avea ceva absurd în ea. Dar nu aveam ce face. El era cel care îmi arunca o frânghie de salvare.

„Miaaau...", și Varză a plecat de lângă perna mea. Până și el a renunțat.

— Deci? Ce ai de gând să faci? m-a întrebat Aloha, după ce a așteptat să-mi termin băutura.

— Cu ce?

— Of, termină cu asta! Cu lucrurile care să dispară din lume.

— Ah.

— Urmează filmele.

— Da, așa e.

— Le faci să dispară? Renunți?

Și dacă filmele ar dispărea din lume.

Am încercat să-mi imaginez.

E problematic. Mi-ar dispărea principalul hobby.

Îmi dau seama că degeaba mă mai plâng acum despre hobby-uri. Dar e păcat de toate acele multe DVD-uri pe care le-am cumpărat de-a lungul timpului. Abia ce-am luat un Blu-Ray Box cu Stanley Kubrick și *Războiul stelelor*.

Hmmm... dar atât să fie oare? Până aici? Asta să fie? Da, chiar asta.

„Hai odată, mai repede!“ mă tot zorește Aloha, dar e o problemă importantă. Aș vrea să mă opresc un pic și să mă gândesc la ea.

— Deci chiar nu se poate să fie altceva în loc de filme?

— Nu.

— Nicicum?

— Hmm... ce-ai fi dispus să înlături din lume?

De exemplu, ce-ar fi să dispară muzica?

NO MUSIC, NO LIFE.[1]

Dacă nu există muzică, nu există viață! Așa scrie pe firma magazinului de muzică.

Oare aș putea să trăiesc într-o lume fără muzică?

Cred că aș putea. Da, cu siguranță.

Toate zilele acelea ploioase în care, închis în camera mea, n-aș mai putea asculta Chopin, care îmi place atât de mult, da, pentru toate zilele acelea probabil că aș putea găsi un alt fel de a-mi petrece timpul în mod plăcut.

Iar dacă din zilele senine mi-ar dispărea Bob Marley, probabil că n-aș mai simți acea fericire molatecă, dar n-ar fi chiar așa o mare problemă.

Muzica celor de la Beatles, pe care o ascult când gonesc pe bicicletă, este de-a dreptul tonifiantă (aceasta este întotdeauna muzica mea de fundal

1. Nu există viață fără muzică (în engl., în orig.).

când distribui corespondența), dar cumva-cumva aș reuși să-mi fac treaba și fără ea.

Iar seara târziu, când sunt singur pe drumul spre casă și ascult Bill Evans, cu melodiile lui atât de pline de nostalgie, simt cum mi se frânge sufletul, dar aș putea trăi și fără asta fără mari probleme.

Concluzia 1:

NO MUSIC, YES MY LIFE.[1]

Chiar dacă n-ar exista muzică, aș putea trăi. Se pot realiza destule lucruri chiar și cu puțină tristețe.

NO COFFEE, NO LIFE! NO COMIC, NO LIFE![2]

Am încercat să vociferez și în legătură cu acestea, dar până la urmă, viața merge înainte și fără cafea, și fără benzi desenate. Cu siguranță aș putea trăi și fără jeleurile de cafea sau caffè latte de la *Starbucks*. Mi-ar fi greu, e drept, să mă despart de *AKIRA, Doraemon* sau *Slam Dunk*, dar dacă e vorba de viața mea, le las la o parte și pe ele.

Desigur, nu mi-ar plăcea deloc să renunț la figurinele mele preferate, la pantofii sport, la șepci, la Pepsi Cola sau la înghețata Häagen-Dazs, dar n-aș muri din cauza asta. Viața are întâietate.

Astfel, în imaginația mea, am încercat să renunț la tot.

---

1. Nu muzicii, da propriei vieți (în engl., în orig.).
2. Nu tu cafea, nu tu viață. Nu tu benzi desenate, nu tu viață (în engl. în orig.).

Concluzia 2:

Dacă are apă, mâncare și un adăpost, omul nu moare.

Cu alte cuvinte, toate lucrurile care există pe lumea asta ar putea la fel de bine să nu existe.

Și ajungem astfel la filmele care contează atât de mult pentru mine, care s-au lipit cumva de viața mea. Dacă ar fi să dispară, oare aș avea senzația că eu însumi dispar?

„Să știi drumul și să parcurgi drumul sunt două lucruri diferite."

Așa zice în *Matrix*.

Gândul că ceva ar dispărea din lume și realitatea efectivă a dispariției acelui obiect cred că sunt, de fapt, două lucruri complet diferite. Mai mult decât influența directă a pierderii obiectului fizic, am resimți o enormă lipsă, care nu poate fi cântărită în valori măsurabile. La prima vedere, nu ți-ai da seama. Și cu toate acestea, neobservată de nimeni, ar produce schimbări imense în viața noastră.

Mai mult decât orice, ar fi o durere sufletească. Iubita mea, care adoră filmele. Oamenii din toată lumea, care adoră filmele. Ar rămâne fără ele. E greu acest păcat.

Dar, dacă iau în considerare existența mea, aflată pentru prima dată față în față cu existența filmelor, de fapt nici nu e nimic de discutat. Dacă n-aș trăi, nici nu m-aș putea bucura de filme și nici n-aș putea împărtăși sentimentul minunat al prietenei mele sau al celor care iubesc atât de mult filmele.

M-am hotărât. Voi face ca filmele să dispară.

Un personaj dintr-un film pe care l-am văzut mai demult a spus o dată așa: „În lumea asta sunt mulți care ar dori să-și vândă sufletul diavolului. Problema este că nu prea sunt diavoli care să vrea să le cumpere."

Replica asta e greșită. De ce? Pentru că înaintea ochilor mei s-a înfățișat cu adevărat un diavol care îmi cumpără sufletul. Firește că nici în vis nu m-aș fi gândit vreodată că, literalmente, însuși Diavolul își va face apariția.

— Se pare că te-ai hotărât, a zâmbit Aloha, despre care, cel puțin deocamdată, cred că este adevăratul diavol, deși e un personaj destul de vesel.

— Da...

— Bine. Atunci, ca să urmăm regulile, poți să te uiți la un singur film, pentru ultima oară.

Așa, deci? Pot alege unul? Am început să mă gândesc, dar m-a luat amețeala. Îmi era absolut imposibil să fac o alegere.

„O să-ți pun un film care-ți place, pentru ultima oară. Hai să-l vedem împreună!"

Mi-au revenit în minte cuvintele ei din seara trecută. Se poate să fi fost o profeție.

În orice caz, din multitudinea de filme care îmi plăceau, oare pe care să-l văd pentru ultima oară în viață? Asta era o mare problemă. Să fie un film pe care l-am mai văzut sau unul pe care l-am ratat?

Citisem prin reviste sau văzusem la televizor emisiuni despre o ultimă alegere în viață – ce-ai vrea să mănânci la ultima masă din viața ta sau ce-ai lua cu tine pe o insulă pustie –, dar nu e nimic mai greu decât să ajungi dintr-odată tu însuți într-o astfel de situație. Însă nu mă aflam în poziția de a-l refuza pe Aloha. Adică, muream.

— Se pare că nu prea reușești să te hotărăști... Nu-i nimic, înțeleg. De fapt, cred că e normal să fie așa. Tu ești un împătimit al filmelor, nu?

— Da...

— În cazul ăsta, din acest moment ai la dispoziție o jumătate de zi. Folosește-o ca să te hotărăști! Ultimul film din viața ta.

Eram complet pierdut, așa că am decis să merg la Tsutaya. Omul, nu magazinul.[1]

Sună un pic ciudat?

Dați-mi voie să reformulez.

Eram complet pierdut, așa că am decis să merg la un prieten din școala generală, care lucrează la un centru de închirieri de casete video (care, apropo, nu e TSUTAYA). Când vine vorba de filme, e ca o enciclopedie, așa că l-am poreclit Tsutaya.

1. TSUTAYA este numele unui faimos lanț de centre de închirieri de casete video, DVD-uri, CD-uri etc.

Tsutaya lucra la centrul de închirieri (repet, nu e vorba de TSUTAYA) de mai bine de zece ani. Trebuie că-și petrecuse o jumătate de viață acolo. Iar în cealaltă jumătate, se uitase la filme. Cu alte cuvinte, în afară de timpul în care dormea, era dedicat total filmelor. Un tocilar de filme 100%.

Eu și Tsutaya ne-am întâlnit într-o primăvară, când eram în primul an de școală generală. Eram colegi de clasă.

Deși trecuseră două săptămâni de la începutul anului școlar, Tsutaya nu vorbea cu nimeni nici în timpul orelor, nici în pauze, stătea singur într-un colț al clasei, fără să schimbe nici o privire cu nici un coleg. Nu țineam neapărat s-o fac, dar m-am dus totuși să vorbesc cu el, și de-atunci am devenit prieteni.

Nu-mi amintesc prea bine de ce l-am abordat atunci. Dar eu cred că în viață, de maximum trei ori, omul este atras de persoane complet diferite de el. În cazul unui bărbat, dacă sunt femei, îi devin iubite, dacă sunt bărbați, îi devin prieteni.

Cred că am fost inexplicabil atras de Tsutaya. Până să-mi dau seama ce și cum, deja pălăvrăgeam și nici nu știu când am devenit prieteni.

Cu toate acestea, Tsutaya nu vorbea prea mult cu mine și nu ne-am privit în ochi decât de vreo două-trei ori. Chiar și așa, îmi plăcea de el. Deși de obicei nu spunea prea multe, când începea să vorbească despre filme, cuvintele i se revărsau fără oprire, iar în ochi îi apărea o licărire scânteietoare. Am aflat atunci că, indiferent sub ce formă o face, pasiunea se naște în clipa când cineva vorbește despre lucrurile pe care le iubește.

În școala generală am aflat de la Tsutaya despre multe filme și m-am uitat la absolut tot ce-mi recomandase. De la filme istorice japoneze și SF-uri hollywoodiene, la filmele franceze New Wave și la filmele independente asiatice, recomandările lui Tsutaya erau nenumărate.

„Ce e bun e bun", spunea el mereu.

Nimeni nu-l întrecea când venea vorba de detalii: cărui gen îi aparținea filmul, când fusese făcut, în ce țară se filmase, cine juca în el, cine era regizorul și tot așa. Până la urmă, „ce e bun, e bun." Nu are legătură nici cu timpul, nici cu naționalitatea.

Din întâmplare, am nimerit în aceeași clasă și la liceu. Timp de șase ani, beneficiasem de educația cinematografică de expert a lui Tsutaya și cred că ajunsesem la nivelul unui tocilar într-ale filmului. Dar, comparativ cu Tsutaya, îmi dau seama că toți indivizii din lumea asta care se consideră experți în cinematografie (inclusiv eu) sunt doar niște închipuiți. În vremurile acestea, de cultivare a statutului de expert, în care oricine primește imediat recunoașterea, chiar dacă abia a ajuns la genunchiul broaștei, cineva ca Tsutaya, autentic și natural, este chiar un expert adevărat. Nu că aș vrea să devin ca el. Scuze, Tsutaya.

Opt minute de mers pe jos și am ajuns la centrul de închirieri casete video.

Desigur că Tsutaya e și azi aici. Mereu în aceeași poziție fixă, de parcă ar fi o statuie de-a lui Buddha în altarul unui templu. Privind din afară, ai senzația nu că Tsutaya s-ar afla în mijlocul magazinului, ci mai degrabă că magazinul și nenumăratele DVD-uri au apărut în jurul lui, înconjurându-l.

— Tsutaya! l-am strigat, trecând de ușile automate.

— N-n-n... nu ne-am v-v-văzut de mult. Ce-ce-ce-ai pățit?

Buddha... nu, Tsutaya, ca de obicei, nu se uita în ochii mei. Deși eram adulți.

— Am venit cam pe nepusă masă, dar nu am timp să stau la taclale, așa că-ți zic direct.

— Ce-ce-ce s-a întâmplat?

— Am cancer în fază terminală. O să mor.

— Ce??

— S-ar putea să mor și mâine.

— Cum???

— Așa că trebuie să mă hotărăsc acum, imediat, la ce film să mă uit pentru ultima oară.

— Ce???

— Așa că, te rog, Tsutaya! Spune-mi la ce film să mă uit, pentru ultima oară în viață.

Văzându-i expresia de pe chip, îmi dădeam seama că îi era greu să primească brusc așa o responsabilitate, un rol cu atâta greutate.

Înțeleg. Îmi pare rău, Tsutaya.

— C-c-chiar așa?

— Da... Îmi pare rău.

Tsutaya a strâns din ochi cu putere. Poate că era copleșit de durere sau poate că doar se gândea intens la ceva. Apoi, deschizând ochii cu un oftat adânc, s-a strecurat de după tejghea și a pornit-o pe intervalele dintre rafturi ce se întindeau ca un labirint.

Așa a fost dintotdeauna. Când cineva avea nevoie de ajutor, se apuca imediat de treabă, ca și cum nu i-ar fi trebuit nici un motiv pentru asta.

Am privit amândoi la rafturile pe care stăteau aliniate DVD-uri și discuri Blu-Ray.

Nenumărate filme îmi treceau prin fața ochilor. Privindu-le și dându-mi seama că e ultima oară când le văd, au început să-mi treacă prin minte, una după alta, scene și replici.

„Tot ce se întâmplă în viață se poate întâmpla și într-un spectacol", cânta Jack Buchanan în *Orchestra Ambulantă*.

Oare chiar să se poată întâmpla într-un film ceea ce se petrece cu mine acum?

Într-o zi, sunt diagnosticat cu cancer în fază terminală, apare Diavolul îmbrăcat într-o cămașă hawaiiană și-mi dă posibilitatea să-mi prelungesc viața, făcând să dispară lucruri din lume. Nu, nu se poate. E imposibil! Viața bate filmul.

Tsutaya se plimbă printre rafturile cu filme western. Mă țin după el.

„Cu o mare putere vine și o mare responsabilitate“, afirmă răspicat Peter Parker în *Omul-Păianjen*, când își dobândește super-puterea.

Poate și cu mine e la fel. Deoarece trebuie să fac să dispară ceva din lume pentru a-mi câștiga viața. Și, odată cu asta, vin în valuri o mare responsabilitate și riscuri, și stres, și dileme. Parafând contractul cu Diavolul, am fost cumva pus în situația eroului din benzile desenate americane.

Mă frământ ce-ar trebui să fac, dar am senzația că filmele îmi oferă parcă sprijinul de care am nevoie.

„*May the Force be with you!*“

Mulțumesc, *Războiul stelelor*. Și vouă, cavalerilor Jedi.

„*I'll be back!*“

Terminator, și eu vreau să mă întorc.

„*I'm the king of the world!*“

Haide, Di Caprio! Tu chiar n-ai priceput nimic!

„*Life is beautiful!*“

Ce minciună gogonată!

Dintr-odată, din spatele meu se aude o voce:

— N-n-nu mai gândi! S-s-simte!

Fără să-mi dau seama, mă cufundasem complet în lumea amăgirilor, când Tsutaya m-a strigat. Ținea în mână *Intrarea dragonului*.

— N-n-nu mai gândi! S-s-simte! a repetat el.

— Mulțumesc, Tsutaya. O fi Bruce Lee cel mai bun, dar parcă nu e totuși potrivit pentru ultimul lucru pe care să-l văd în viață, i-am răspuns eu râzând.

„Când cumpăr o carte, întotdeauna citesc finalul mai întâi. Căci ar fi destul de neplăcut să mor înainte s-o termin", a spus Billy Crystal în *Când Harry a cunoscut-o pe Sally*.

Privind la rafturile cu filme, îmi dau seama că voi muri fără să apuc să le văd pe toate.

Filme pe care nu le-am văzut, mâncăruri pe care nu le-am gustat, melodii pe care nu le-am ascultat.

Dacă privim lucrurile astfel, ceea ce-ți vine în minte înaintea morții este regretul unui viitor care ar fi trebuit să fie. Poate că sună ciudat să pomenești cuvântul „regret" legat de viitor, dar nu mă pot opri să nu mă gândesc la ce-ar fi fost „dacă aș fi trăit". E ciudat. Căci toate acestea nu sunt decât „lucruri care ar putea la fel de bine să nu fie", la fel ca filmele pe care urmează acum să le fac să dispară.

Ultimul raft la care ajung împreună cu Tsutaya e cel cu Chaplin.

„Dacă privești viața de aproape, e o tragedie, dar dacă te uiți la ea din depărtare, e o comedie", șoptesc eu. Îmi vine în minte visul pe care l-am avut spre dimineață.

— *Luminile rampei*, nu? îmi răspunde Tsutaya.

În *Luminile rampei*, clovnul jucat de Chaplin încearcă să oprească o dansatoare de balet, ale cărei visuri se spulberaseră, de la a-și lua zilele, bombardând-o cu vorbe: „E frumos să trăiești, e minunat! Viața are sens chiar și pentru o meduză."

Așa e. Viața are sens chiar și pentru o meduză. Și-atunci, poate că este unul și pentru filme, și pentru muzică, și pentru cafea, și pentru tot ce există pe lume. Se poate spune că tocmai „lucrurile care ar putea la fel de bine să nu fie" sunt importante pentru lumea aceasta. Iar când se adună „lucruri care ar putea la fel de bine să nu fie", iar forma lor externă devine una umanoidă, se naște „ființa umană". De exemplu, în ceea ce mă privește, sunt cel care ia forma nenumăratelor filme pe care le-am văzut și a amintirilor care mă leagă de ele.

Să trăiești, să plângi, să strigi, să iubești, absurditățile, tristețile, bucuriile, fricile, râsul. Cântecele frumoase, peisajele care te fac să lăcrimezi, starea de greață, oamenii care cântă, avioanele care se înalță la cer, caii în galop, clătitele gustoase, universul întunecat, *cowboy* descărcându-și pistoalele.

Filmele care au ajuns să facă parte din mine, din iubita, prietenii și familia împreună cu care le-am văzut și din amintirile despre ei, pe care le-am cuprins în mine. Amintirea nenumăratelor filme care m-au format. Toate sunt atât de frumoase, încât îmi dau lacrimile.

Filmele se leagă unele de altele ca într-un șirag de mătănii budiste. Țin laolaltă speranțele și dezamăgirile oamenilor. Până la urmă, nenumăratele lucruri întâmplătoare se adună și devin un singur lucru inevitabil.

— D-d-deci, rămâne ăsta?

Tsutaya mi-a întins cutia cu *Luminile rampei.*

— Mulțumesc.

— N-n-nu știu ce-o să fie de-acum încolo, d-d-dar...

Tsutaya s-a oprit, înghițindu-și cuvintele.

— Ce s-a întâmplat?

Cu capul plecat, Tsutaya plângea. Lacrimile i se prelingeau pe obraji ca unui copil.

Privindu-l, mi-am adus dintr-odată aminte cum stătea trist și singuratic pe marginea ferestrei.

Da, asta e. Atunci fusesem salvat de Tsutaya, cel care stătea singur, uitându-se pe fereastră. Nu socializa cu nimeni, nu se repezea, ci o lua încet, căutând doar lucrurile care erau cu adevărat importante pentru el. Această persoană m-a salvat. Pe atunci, nimic nu era cu adevărat important pentru mine. El nu avea nevoie de mine. Eu aveam nevoie de el.

Toate sentimentele care stătuseră ascunse în sufletul meu până atunci au răbufnit brusc și mi-au dat lacrimile.

— Mulțumesc! am îngăimat eu.

— N-n-nu vreau decât să trăiești, mi-a spus el, plângând.

— Nu plânge, Tsutaya. N-ai terminat cu viața atâta vreme cât ai de spus o poveste frumoasă și pe cineva căruia să i-o spui. Parcă așa zicea în *Povestea pianistului de pe ocean*, nu? Iar acum, Tsutaya, tocmai pentru că tu ești acel cineva, pentru că tu exiști, eu încă n-am terminat cu viața.

— M-m-mulțumesc.

Rostind acest cuvânt, Tsutaya a continuat să plângă în tăcere.

— Ei? Ai ales? m-a întrebat ea, ieșindu-mi în întâmpinare la cinematograf, când am ajuns.

— Da, ăsta.

I-am întins cutia.

— *Luminile rampei*, deci. Desigur. O alegere bună, a spus ea, deschizând cutia.

Și-atunci, a rămas fără cuvinte.

Înăuntru nu era nici un disc. Cutia era goală.

Sistemul de la centrul de închirieri era unul învechit, în care DVD-urile se dădeau cu împrumut cu tot cu cutie și uneori se mai întâmplau erori ca aceasta. Dar tocmai acum!

Tsutaya, ce greșeală amară! Tsutaya!

Dar așa se întâmplă. Așa zicea și-n *Forrest Gump*: „Viața e ca o cutie cu bomboane de ciocolată. Nu știi niciodată ce surpriză te așteaptă."

Chiar așa e, dacă n-o deschizi, nu afli. Asta e viața mea. Dacă te tragi mai aproape, e o tragedie, dar dacă te îndepărtezi, e o comedie.

— Ce vrei să facem? Avem niște filme aici...

Am căzut pe gânduri câteva clipe, apoi am ajuns la o concluzie. Nu, de fapt probabil că ajunsesem de mult la o concluzie.

Care să fie ultimul film pe care să-l văd în această viață? Răspunsul era foarte simplu.

Am intrat în sală și m-am așezat.

Al patrulea rând din spate, al treilea loc din dreapta. Locul meu din studenție.

— Începem! s-a auzit vocea ei din cabina de proiecție, și filmul a început să ruleze.

Razele luminoase se reflectau pe ecran.

Dar nu era decât un spațiu gol și alb. Ecranul era luminat de strălucirea unui dreptunghi alb.

Eu nu alesesem nimic.

Privind la ecranul alb și gol, mi-am amintit de o imagine pe care o văzusem mai demult.

Era fotografia unui cinematograf ale cărui scaune și ecran se vedeau din cabina de proiecție. O fotografie ce înregistra un film întreg. Diafragma se deschisese la începutul filmului și se închisese la final. Ecranul care, timp de două ore, absorbise razele luminoase ale tuturor scenelor fusese captat în fotografie ca un dreptunghi de un alb imaculat.

Poate că și viața mea e la fel. Un singur film în care este proiectată întreaga mea viață tragicomică. Dar, dacă ar trebui ca totul să încapă într-o singură fotografie, ar rămâne doar ecranul alb. Viața mea, în care am trecut prin toate emoțiile – bucuria, furia, durerea, plăcerea –, ar fi înregistrată ca un film complet alb. Nu e nimic acolo. Doar un spațiu gol și alb, aproape pur.

Când revezi un film, se întâmplă să-ți lase o impresie complet diferită de cea pe care ai avut-o când l-ai văzut prima oară.

Evident, filmul nu s-a schimbat. Cu alte cuvinte, în acel moment îți dai seama că cel care s-a schimbat ești tu.

Dacă viața ți s-ar transforma într-un film, cu siguranță că, privindu-l din când în când, ți s-ar schimba și perspectiva asupra ei. Ai ajunge să iubești o scenă pe care ai urât-o altădată, să râzi de una în care atunci ai fost atât de trist, să uiți de eroina care ți-a plăcut atât de mult.

Ce-mi amintesc acum sunt clipele frumoase cu mama și tata.

Prima oară m-au dus la cinematograf când aveam trei ani. Am văzut *E.T.* Înăuntru era întuneric beznă, sunetul era foarte tare și mirosul de floricele de porumb plutea peste tot.

Tata stătea în dreapta mea, mama, în stânga. Aș fi fugit, dar nu puteam, prins între părinții mei. Timorat, mi-am lipit privirea de ecran. Dar n-am ținut minte deloc despre ce a fost filmul.

Mi-a rămas însă adânc întipărită în minte o singură scenă, în care bicicleta lui Eliot, băiatul, cu E.T. pe ea, se înalță spre cer. Acela a fost momentul care m-a impresionat profund, m-a făcut să vreau să strig și să plâng și m-a lovit cu o putere copleșitoare, momentul în care am înțeles că asta înseamnă filmul, și pe care mi-l amintesc și astăzi. Atunci, l-am strâns tare de mână pe tata, iar el mi-a strâns, la rândul lui, mâna.

Cu câțiva ani în urmă, o versiune îmbunătățită digital a lui *E.T.* a fost dată seara târziu la televizor. Pentru că mă enervează să mă uit la un film întrerupt de reclame, am vrut să închid televizorul, dar, odată ce am început să-l urmăresc, a fost așa de interesant, că nu m-am putut desprinde de ecran.

Trecuseră douăzeci și cinci de ani. Dar exact la aceeași scenă, n-am putut să-mi opresc lacrimile să curgă.

Nu pentru că m-ar fi impresionat în același fel ca la trei ani.

După douăzeci și cinci de ani, știam deja că nu pot zbura. Iar cu tatăl meu, care stătuse atunci în dreapta mea, nu mă mai întâlnisem și nu mai vorbisem de ani buni. Mama, care stătuse în stânga mea, nu mai era pe lumea aceasta. Știam și că nu pot zbura, știam și că acele clipe nu se vor mai întoarce niciodată.

Lucrurile pe care le câștigi și lucrurile pe care le pierzi când crești. Stările și sentimentele pe care nu le mai poți recupera. Tristețea care m-a cuprins la gândul acesta era atât de pătrunzătoare, că nu mi-am putut opri lacrimile.

Singur în cinematograf, privind lung la ecranul complet alb, am început să mă gândesc.

Dacă viața mea ar fi un film.

Ar fi oare o comedie? Ori poate un film de suspans? Sau poate o dramă? Cel puțin, știu sigur că n-ar fi un film de dragoste.

Spre sfârșitul vieții, Chaplin a spus: „Poate că n-am reușit să las în urmă o capodoperă. Dar i-am făcut pe oameni să râdă. Nu e rău."

Iar Fellini a spus: „În film, orice vis se poate materializa."

Ei au creat capodopere, i-au făcut pe oameni să râdă, au născut visuri și au rămas în istorie.

Dar eu, cu cât mă gândesc mai mult, cu atât îmi dau seama că viața mea este doar un substitut care nu va deveni film.

Privind la ecranul alb, îmi las imaginația să zboare.

Sunt regizor.

Actorii și echipa îmi sunt familia, iubitele și prietenii.

Povestea începe acum treizeci de ani, când m-am născut.

Un bebeluș. Tata și mama, zâmbind. Rudele se adună, mă iau pe rând în brațe, mă strâng de mânuțe, mă mângâie pe obraji. Apoi, mă întorc pe burtă, mă târăsc, mă ridic în sfârșit în picioare și încep să merg cătinel. Tata și mama, trecând de la bucurie la îngrijorare și teamă și înapoi, îi cumpără acestei mici ființe haine, îi dau mâncare și se joacă cu ea din toată inima.

Un start în viață absolut obișnuit. Dar nu există un început mai fericit ca acesta.

M-am supărat, am plâns, am râs și am crescut puțin câte puțin. Și pe urmă, n-am mai vorbit cu tata. Oare de ce? Doar petrecuserăm atât de mult timp împreună. N-am înțeles niciodată care a fost motivul.

Iar apoi, într-o zi, a venit în casa noastră un motan. Îl chema Salată. Mama, eu și Salată și zile fericite. Dar Salată moare, apoi moare și mama. Aceasta e cea mai tristă scenă a filmului.

Rămânem în urmă eu și Varză. Decid că ne vom duce zilele împreună. Tata nu e cu noi. Îmi încep meseria de poștaș și zilele curg una după alta, fără nimic deosebit.

E plictisitor. Nu e decât o înșiruire de scene anoste și de replici superficiale. Pare un film cu buget redus. Și pe lângă toate astea, personajul principal (eu!) nu-și găsește nici rostul, nici valoarea vieții și este doar un tip apatic, fără pic de șarm.

Dacă voi continua scenariul în felul acesta, nu o să iasă nici o poveste. Așa că o să-l fac pe cât posibil foarte direct și, în același timp, foarte dramatic și de impact. Decorul poate fi nepretențios, dar cel puțin să aibă un pic de sare și piper. Îmbunătățesc recuzita, iar costumele pot rămâne în alb și negru.

Și editarea? Cum nu sunt decât scene plictisitoare, n-am ce face și trebuie să editez. Dar dacă fac asta, o să iasă un film de vreo cinci minute. Nu merge. Trebuie să mă întorc la scenariu, să-l revizuiesc. Scenele proaste țin mult. Pe de altă parte, cele care ar merita urmărite încă puțin sunt tăiate exact în momentul în care devin bune. Așa e viața mea.

Și ce muzică să aleg? O melodie curgătoare la pian sau ceva grandios, cu o întreagă orchestră? Nu, mai degrabă un acompaniament plăcut la chitară. Orice ar fi, am o singură rugăminte: în timpul scenelor triste, muzica să fie optimistă.

Și astfel, filmul este gata. Unul scurt și insipid, care cu siguranță nu va deveni un mare succes, un film care va fi lansat și va dispărea în tăcere. Va fi probabil genul de film care va apărea rapid pe DVD și va fi uitat într-un colț al centrului de închirieri, unde culorile de pe copertă i se vor ofili încetul cu încetul.

Ultima scenă se încheie și ecranul devine negru. Începe genericul de final.

Dacă viața mea ar fi un film, aș vrea să fie unul care să rămână în sufletul oamenilor și după generic. Aș vrea să existe oameni pentru care chiar și un film scurt și anost să reprezinte o salvare în viață, să îi încurajeze.

Viața continuă și după generic. M-am rugat ca viața mea să continue în amintirea cuiva chiar și după generic.

Filmul de două ore s-a terminat.

Când am ieșit din cinematograf, totul fusese învăluit de un întuneric tăcut.

— Ești trist acum? m-a întrebat ea, chiar când am pășit afară.

— Nu știu, i-am răspuns.

— Atunci, ți-e greu?

— Îmi pare rău, nu știu.

Chiar nu știam. Nu știam dacă sunt trist că voi muri sau că urmau să dispară din lume atâtea lucruri importante. Nici măcar eu nu știam.

— Dacă simți că ți-e foarte greu și că nu mai poți suporta, poți veni oricând aici, mi-a spus ea.

— Mulțumesc, i-am răspuns și am început să urc panta.

— Așteaptă puțin! mi-a strigat ea din urmă.

— Ultima întrebare!

— Iarăși?

— E chiar ultima, promit, mi-a strigat ea, plângând.

Privindu-i chipul plin de lacrimi, am simțit că mă ia și pe mine plânsul.

— În regulă, o să mă străduiesc la ultima întrebare.

— De câte ori mă uit la un film trist, neapărat îl mai văd încă o dată. Știi de ce?

Răspunsul la această întrebare era singurul pe care mi-l aminteam.

Era lucrul pe care mi-l dorisem în tot timpul drumului de la Buenos Aires și pe care mi l-am mai dorit o vreme și după ce ne-am despărțit.

— Știu.

— Atunci spune-mi.

— Pentru că speri că poate data viitoare va avea un final fericit.

— Corect!

Și-a șters lacrimile cu mâneca și mi-a făcut larg cu mâna:

— *May the Force be with you!*

A fluturat din mâini atât de tare și cu atâta putere, încât aproape că s-a auzit fâșâitul aerului.

— *I'll be back!* i-am răspuns, înghițindu-mi lacrimile.

Când m-am întors acasă, Aloha mă aștepta mustăcind. Apoi, făcându-mi cu ochiul (e un fel de-a spune, căci, desigur, a închis amândoi ochii), a făcut să dispară filmele.

În clipa în care Aloha a șters filmele, mi-am amintit de mama. Nu, de fapt nu mi-am amintit atât de mama, cât de un film italian care-i plăcea ei. Un film italian vechi, numit *La Strada*.

Povestea era despre Zampano, un artist ambulant cam din topor, și despre Gelsomina, o fată timidă, pe care o cumpărase și împreună cu care călătorea prin lume.

Deși Zampano ținea mult la Gelsomina, nu reușea să se apropie de ea și continua s-o trateze înfiorător. Chiar și așa, devotamentul ei pentru el era fără limite, dar când trupul ei devine prea slăbit, Zampano o abandonează.

Peste mai mulți ani, când ajunge într-un oraș de peste mări și țări, Zampano întâlnește o femeie care fredona o melodie pe care Gelsomina o cânta mereu. Atunci află că Gelsomina murise. Gelsomina e moartă. Dar cântecul ei trăiește. Ascultându-l, Zampano își dă seama că a iubit-o. Și acolo, peste mări și țări, plânge. Plânsul lui n-o poate însă aduce înapoi. A iubit-o. Dar n-a putut s-o prețuiască. „De cele mai multe lucruri importante ne dăm seama abia după ce le-am pierdut."

Așa spunea mereu mama, când se uita la filmul acela.

La fel mă simt și eu acum. Pierderea filmelor mi-a adus o enormă tristețe și un dor nesfârșit în adâncul sufletului. Mă întreb dacă sunt egoist. Când mi-am dat seama că le pierd, am realizat și cum nenumăratele filme mă susținuseră de-a lungul timpului și că ele fuseseră cele care mă formaseră. Și totuși am dat întâietate vieții mele.

Și apoi, diavolul cel vesel m-a anunțat care va fi următorul lucru care va dispărea.

Nu mă mai puteam gândi la nimic, așa că i-am acceptat propunerea pur și simplu.

Și nici nu mi-a trecut prin cap în clipa aceea că așa ceva i s-ar putea întâmpla lui Varză.

Joi:
și dacă ceasurile ar dispărea

Nu știu de ce, dar un lucru inexplicabil nu vine niciodată singur.

Ca atunci când abia ce-ți dai seama că ți-ai pierdut cheile, îți rătăcești și portofelul, când loviturile bune la meciurile de baseball din liceu curg miraculos una după alta sau ca atunci când artiști geniali de manga se adună în Tokiwa-sō[1].

Iar eu am cancer în fază terminală, Diavolul își face apariția, telefoanele și filmele dispar din lumea aceasta... și, colac peste pupăză, pisica mea începe să vorbească.

— Până când mai dormi, stăpâne?

E un vis.

— Trezește-te mai repede, stăpâne!

Fără îndoială că e un vis.

1. Clădire rezidențială din Tōkyō unde, în anii 1950–1960, au locuit mulți creatori faimoși de manga.

— Trezește-te odată, stăpâne!!!

Nu, nu e vis. Cel care vorbește e chiar Varză. Dar de ce domnia sa vorbește cu mine folosind cuvinte ca în filmele istorice? Nu, nu, nu e cazul să mă molipsesc! Ce naiba se întâmplă?

— Te-ai zăpăcit un pic și nu mai înțelegi ce se întâmplă? apare zâmbind Aloha.

Astăzi poartă o cămașă hawaiiană albastră ca cerul. Iar a reușit să mă enerveze. E o cămașă țipătoare, cu un model cu acadele spiralate pe niște bețe mari, în șapte culori, și cu niște peruși. Mă dor ochii. Sunt niște culori stridente, complet neprietenoase pentru cineva care tocmai s-a trezit. Am strigat la el furios:

— Așa faci întotdeauna! Acum, nu mai știu ce-i cu mine pentru că de cum am deschis ochii, pisica mea nu-mi zice „Miau!", ci mi se adresează cu „stăpâne"!

— Ce lucruri înțelepte spui! Dar ăsta nu e decât un mic serviciu din partea mea.

— Serviciu?

— Da. Telefoanele au dispărut, la fel și filmele care-ți plăceau atât de mult, așa că m-am gândit că sigur trebuie să te simți foarte trist. Pentru că ți-au dispărut tovarășii de povești și camarazii cu aceleași pasiuni. Așa că am făcut-o pe pisică să vorbească puțin. Totuși, știu să folosesc magia. Doar sunt diavol.

— Dar e derutant ca deodată să-ți vorbească pisica. Nu poți să faci lucrurile să fie ca înainte?

— A-aah...

Dintr-odată, Aloha a tăcut. Să fi fost atât de neașteptat răspunsul meu?

— Ăăă... am zis ceva greșit?

Aloha nu scotea nici un cuvânt.

— Oare... nu poți să le faci să fie ca înainte?

— N-nu... mda... ca înainte. Vor fi ca înainte, la un moment dat. Promit. Dar când se va întâmpla asta, cum să spun... numai Dumnezeu știe... Eu chiar nu știu. Vezi tu, eu nu sunt Dumnezeu... sunt Diavolul.

Îmi venea să-i crăp capul, dar mi-am înghițit cuvintele și m-am băgat sub plapumă. Nu aveam de gând să mă trezesc deocamdată. Nu-mi mai venea să mă întorc într-o lume din care filmele dispăruseră și în care pisica îmi vorbea.

Dar Varză mi s-a urcat pe cap și, plimbându-se pe fața mea, m-a trezit de-a binelea (eu mă scol greu dimineață, iar el întotdeauna reușește să mă trezească așa). Am auzit undeva că originea cuvântului „pisică" ar fi de fapt combinația de ideograme pentru expresia „copilaș dormind". Cred totuși că explicația asta e o minciună. În cei patru ani de când îl am, întotdeauna am avut probleme din cauză că se trezește foarte devreme.

— Dacă nu te trezești chiar acum, mă voi înfuria, stăpâne! a continuat să bată câmpii Varză, cu o voce mieunată, de pisică.

— Aaaaah, gata, nu se mai poate!

Acceptând realitatea, m-am dat brusc jos din pat.

— Și? Îți aduci aminte? m-a întrebat Aloha, apropiindu-și obrazul de al meu.

— Poftim? Ce?

— Ei, haide! Ce-ai făcut azi să dispară.

Hmm... Nu-mi aminteam. Oare ce-oi fi șters de pe lumea asta? Până una-alta, văd că nu s-a petrecut nici o schimbare cu lucrurile din jurul meu.

— Îmi cer scuze, dar ce era?

— Ei, haide, nu se mai poate așa! Erau ceasurile! Ceasurile!

— Ceasurile?

— Da. Astăzi, tu ai făcut să dispară ceasurile.

Da, așa era. Eu făcusem ca ceasurile să dispară.

Și dacă ceasurile ar dispărea din lume.

Cum s-ar schimba lumea aceasta? Am încercat să-mi imaginez.

Primul lucru care mi-a venit în minte a fost figura tatălui meu. Tata lucra la o mică ceasornicărie.

Demult, primul nivel al clădirii în care locuiam era transformat în ceasornicărie, și de fiecare dată când coboram, tata era acolo, cocoșat peste masă, cu o lampă aprinsă în întuneric, reparând ceasuri.

Nu m-am mai întâlnit cu tata de patru ani. Dar cu siguranță că și acum continuă să repare ceasuri în mica ceasornicărie dintr-un cotlon al acelui mic oraș.

Și dacă ceasurile ar dispărea din lume, n-ar mai fi nevoie nici de ceasornicării. Nici de acel mic atelier, nici de munca tatălui meu. La gândul acesta, m-a durut sufletul.

Dar oare chiar să fi dispărut ceasurile din lumea asta? Nu-mi venea să cred că puteau să dispară așa, dintr-odată. Mi-am rotit privirea în jur. Da, ceasul care ar fi trebuit să fie la mâna mea nu mai era. Nu mai vedeam nici micul deșteptător pe care-l aveam în cameră. Poate că, la fel cum se întâmplase cu telefoanele, pur și simplu nu mai eram eu conștient de existența lor, dar, în orice caz, ceasurile dispăruseră din lume.

Azvârlit în golul lăsat de dispariția ceasurilor, mi-am dat seama că mi se ștersese și orice noțiune a timpului. Senzația fizică pe care o aveam era că e dimineață. Mi se părea cumva că dormisem prea mult, așa că ar fi putut fi în jur de ora unsprezece. Însă la televizor nu mai apărea afișată ora, iar telefoanele mobile dispăruseră deja. Chiar nu aveam habar cât era ceasul.

Dar ce însemna oare lipsa oricărei senzații că totul era real? Era cu totul diferit de momentele în care făcusem celelalte lucruri să dispară. În afară de un vag sentiment de vinovăție față de tatăl meu, nu simțeam nici o suferință, nici o durere. Și totuși, dispariția aceasta trebuie să fi avut un impact major, căci lumea întreagă depinde de timp. Am încercat să-mi lărgesc puțin perspectiva.

Școlile, firmele, transportul, piețele de capital – toate erau probabil complet date peste cap.

Dar, cum să spun? La nivel individual, nimic. Nu știu cum, dar în ceea ce privește viața mea (+ a pisicii), nici dispariția ceasurilor, și nici a timpului care le însoțește nu produseseră un efect vizibil.

— În primul rând, de ce există ceasurile? l-am întrebat eu pe Aloha.

— E o întrebare bună. Dar chiar și înainte să existe ceasurile, timpul nu exista decât pentru oameni.

— Hm? Ce vrei să spui? Nu pricep nimic.

Văzând că eram bulversat, Aloha a continuat.

— Ceea ce numim „timp“ înseamnă de fapt niște reguli hotărâte în mod egoist de oameni. Sigur că există fenomene naturale, precum ciclul răsărit-apus al soarelui, dar numai oamenii au fost aceia care au numit asta „timp“ și i-au spus „ora șase“, „ora doisprezece“ sau „douăzeci și patru de ore“.

— Ai dreptate.

— Așa că oamenii ar putea crede că văd lumea așa cum e ea, dar nu au dreptate, căci de fapt o privesc în funcție de o definiție care le convine lor. De data asta, m-am gândit să schimb un pic regula și să-i fac să experimenteze o lume din care a dispărut acel lucru decis în mod egoist de ei, numit „timp“.

— Și te-ai gândit așa... pur și simplu, ca și cum n-ar fi mare lucru?

— Mda... Și cu asta, îți doresc o zi bună! Ah, stai, nu mai există chestii din astea, cum ar fi „zi“.

Spunând aceste vorbe necugetate, Aloha s-a făcut nevăzut.

În cărțile de istorie, chiar și evenimentele petrecute în decurs de o sută de ani pot fi rezumate în zece pagini. Dacă lucrurile merg prost, chiar și într-un singur rând.

Când am înțeles că nu mai am mult de trăit, am încercat să mă gândesc la o oră nu ca având șaizeci de minute, ci trei mii șase sute de secunde. Dar, odată cu dispariția timpului, modul acesta de a vedea lucrurile devenise irelevant.

La drept vorbind, chiar și sensul lui „azi“, ca zi a săptămânii, e ciudat. Însă după miercuri urmează joi. Și am decis că, din moment ce se făcuse dimineață, azi era joi. Hmm... deși zilele săptămânii nu sunt nimic mai mult decât o simplă convenție omenească.

Cum nu aveam nimic urgent de făcut, m-am gândit să-mi omor timpul. Doar că nu mai aveam ce timp să omor. Chiar dacă mă hotăram să pierd timpul, nu mai aveam ce să pierd. În orice caz, nu mai aveam nici un punct de reper.

Oare câte minute să fi trecut de când m-am trezit? Din obișnuință, mi-am aruncat privirea spre deșteptătorul pe care-l aveam lângă pat, dar nu mai era acolo. O lume fără ceasuri. Încet, eram tras fără oprire în curgerea unui timp invizibil, alunecând în senzația că deveneam parte din trecut.

Dacă stai să te gândești bine, omul doarme, se trezește, muncește și mănâncă după un set de reguli pe care-l numim „timp". Cu alte cuvinte, trăim coordonându-ne cu ceasurile. Oamenii au inventat în mod voit niște standarde care să-i limiteze, precum zilele săptămânii, lunile, anii și timpul. Și apoi, ca să poată verifica acel standard numit „timp", au inventat ceasurile.

Faptul că există reguli înseamnă în același timp și lipsa unor libertăți. Și totuși, oamenii iau acea lipsă a libertăților și o agață pe perete sau o așază în camere și, de parcă asta n-ar fi suficient, o afișează în toate locurile în care desfășoară vreo activitate. Și apoi, peste toate acestea, decid să-și înfășoare timpul până și în jurul încheieturii mâinii.

Însă acum înțeleg bine sensul tuturor acestor lucruri.

Odată cu libertatea vine și nesiguranța.

Punând în locul lipsei libertății un set de reguli, oamenii au obținut un sentiment de siguranță.

În timp ce mintea mea era ocupată cu astfel de gânduri, Varză s-a strecurat ușor lângă mine. De obicei, când se dă așa pe lângă mine, vrea ceva.

— Ce e, Varză? Ți-e foame?

De obicei, alintăturile lui de dimineață sunt un indiciu cum că vrea să mănânce.

— Nu e asta, stăpâne.

— Ce?!

Motanul chiar îmi vorbea. Oftând adânc, a continuat.

— Slăvitul meu stăpân se înşală, ca întotdeauna.

— „Slăvitul meu stăpân“?

Se pare că despre mine era vorba. Până când avea s-o ţină cu replicile astea?

— Când vreau să mă plimb, primesc mâncare; când vreau să mănânc, somn de prânz; când vreau să dorm la prânz, joacă. Întotdeauna judecata voastră e greşită, stăpâne.

— Da? Chiar aşa?

Dând din cap cu convingere, pisica mea a continuat:

— Da, aşa este, stăpâne. Deşi domnia voastră pare că înţelege sentimentele unei pisici, de obicei se înşală. Când n-am nici un motiv să fiu supărat, domnia voastră vine cu o voce pisicească şi mă întreabă „Eşti supărat?“, iar asta chiar mă pune în încurcătură, stăpâne. De fapt, nu doar onorabilul meu stăpân face aşa, ci aproape toţi oamenii.

Eram şocat. Eu şi Varză petrecuserăm împreună patru ani şi credeam ne înţelegem! E brutal când pătrunzi sensul cuvintelor.

— Îmi pare rău, Varză. Şi ce-ai vrea de fapt să faci?

— Aş vrea să ies la plimbare, stăpâne.

De când era mic, lui Varză i-au plăcut plimbările.

Mi-am adus aminte cum îl lua mama adesea la plimbare, râzând în timp ce spunea: „Varză parcă ar fi câine."

I-am spus să mă aștepte puțin, ca să mă pregătesc, și am intrat în baie. Îmi făceam treaba acolo, când s-a auzit clanța mișcându-se, și Varză a intrat peste mine.

— Și plimbarea...?

Da, gata, am priceput! L-am scos afară pe Varză din baie, mi-am terminat treaba și m-am spălat pe față la chiuvetă. În timp ce-mi dădeam cu apă pe obraji, simțeam cum cineva mă privea din spate, cu o insistență apăsătoare.

Când m-am întors, l-am văzut cum se uita la mine din umbra unui stâlp de susținere.

— Și plimbarea? Plimbarea?

— Varză, te rog, așteaptă puțin!

În mod normal, scena s-ar fi terminat cu un mieunat, dar cuvintele făceau totul mult mai dificil.

Mi-am dat repede hainele jos de pe mine și am făcut un duș. Mi-am turnat puțin șampon în palmă, am făcut spumă și m-am spălat pe cap. În timp ce mă șamponam cu ochii închiși, am simțit în spatele meu ceva ca o fantomă, ca într-un film de groază. M-au trecut fiori reci pe șira spinării. Ce era cu spaima asta? Am deschis încet ochii, cu grijă să nu-mi intre șamponul în ei. Din ușa întredeschisă a băii, Varză șoptea zgâindu-se la mine:

— Plimbarea...

„Tu chiar mă hărțuiești!" mi-am înăbușit un strigăt și, trântind ușa, am început să mă clătesc. Am mâncat doar o banană și am băut niște lapte la micul dejun, iar apoi m-am îmbrăcat în grabă.

— Aș vrea să-mi deschideți ușa, stăpâne. Și aș dori să ies afară.

Varză zgâria cu ghearele ușa de la intrare. Aproape îmi terminasem pregătirile, așa că am ieșit cu el la plimbare.

Afară era plăcut, iar plimbarea a fost liniștită. Varză mergea în fața mea, săltând ușor când își desprindea picioarele de pământ.

Mama era cea care ieșea întotdeauna la plimbare cu el. Dându-mi seama de asta, am avut senzația că înțelegeam o parte a ei care nu-mi era cunoscută, așa că am hotărât să stau mai mult cu Varză în această zi.

Iar apoi, gândindu-mă mai bine, am ajuns să pricep și de ce Varză folosea cu mine limbajul acela de epocă.

Mama.

Era pe când Varză, încă pui, abia ajunsese în casa noastră. Mama devenise dintr-odată pasionată de filme istorice (mama mea, ca toate mamele din lume, fusese prinsă de moda *My boom*, în care adoptau câte un obicei care ținea atât de puțin, că dispărea chiar înainte ca ele să-și dea seama că-l preluaseră). *Mitokō, Abarenbō shōgun, Tōyama no Kin-san.*[1]

„Toți bărbații japonezi ar trebui să fie așa", spunea ea, afirmând despre bărbații japonezi lucruri pe care nu le înțelegeam prea bine și încercând să mă atragă și pe mine în pasiunea ei.

„Îmi pare rău, mamă, dar eu prefer să mă uit la filme decât la seriale istorice", am refuzat-o eu politicos.

Neavând alte prietene cu care să se uite împreună la seriale, mama își petrecea timpul urmărindu-le de dimineață până seara, cu Varză în poală. Cel mai probabil de acolo a învățat Varză „limba oamenilor".

De fapt, limba vorbită de Varză era o japoneză ciudată, în care se amestecau într-un mod insolit felul de-a vorbi al mamei și cuvinte din serialele istorice. Ah, bietul de el! Dar, în același timp, era cumva drăgălaș, așa că am hotărât să nu-l corectez. La asta mă gândeam privindu-l cum mergea clătinat în fața mea.

Pe drumul pe care mergea Varză, din loc în loc erau buruieni. Sub stâlpii de electricitate, păpădii micuțe, înflorite. Chiar așa, în curând venea primăvara. Varză s-a apropiat de păpădii și le-a mirosit.

— Păpădii, am spus eu, iar Varză a făcut o față nedumerită.

---

1. Titluri ale unor seriale istorice japoneze.

— Domnia voastră vrea să spună că se numesc „păpădii“?

— Nu știai?

— Defel.

— Sunt flori care înfloresc primăvara.

— Aha, am priceput.

Varză s-a apropiat, rând pe rând, de toate florile de pe marginea drumului, întrebându-mă insistent: „Și cum se numește aceasta, stăpâne?“

Măzăriche, traista ciobanului, bumbișori, margarete, urzică moartă.

Toate floricelele de pe marginea drumului înfloriseră timid, bătute de vântul de la miazănoapte, ajutate de firava căldură a soarelui. Scotocind prin memorie, i-am spus lui Varză toate denumirile. În mod bizar, numele acelea, amintiri din copilărie pe care le credeam de mult uitate, îmi reveneau unul câte unul.

Dacă mă gândesc mai bine, și eu când eram mic, de fiecare dată când mergeam la plimbare cu mama, tot așa o întrebam încontinuu: „Și aia cum se cheamă? Și asta cum se cheamă?“ Cu siguranță că eram exact ca Varză cel de acum. Și mi-am dat seama că mama avea de-a face cu asta în fiecare zi.

„Cum găseai o floare, cum te așezai lângă ea. Și iar găseai o floricică, și iar te așezai lângă ea. Și tot așa, nu mai terminam niciodată plimbarea. Nu era chiar ușor.“

Așa mi-a spus de multe ori mama, după ce am crescut.

„Dar era așa de bine și frumos“, spunea ea melancolică, privind în depărtare cu zâmbetul pe buze.

Ne-a luat ceva timp, dar până la urmă am ajuns cu Varză în parcul din vârful dealului.

De sus, puteai vedea casele care se înșiruiau de-a lungul drumului, iar în capăt, marea albastră. În locul acesta tihnit găseai leagăne, tobogane și balansoare, iar copilașii și mamele lor se jucau la groapa cu nisip.

Varză a dat roată parcului o dată, s-a jucat politicos cu copiii, apoi a mers la banca unde niște bătrâni jucau *shōgi*[1] și le-a spus:

— Aș vrea ca domniile voastre să se dea la o parte.

M-a cuprins panica la gândul că se vor înspăimânta la apariția bruscă a unei „pisici vorbitoare“, dar ei au început să râdă încurcați. Nu știu cum, dar, în afară de mine, nimeni nu înțelegea limba lui Varză.

— Nu, Varză, n-ai voie! Acum, ei folosesc banca asta, i-am spus eu.

Cu toate acestea, Varză o ținea întruna cu „Locul acesta este foarte bun, stăpâne“. Și deodată nu s-a mai putut abține, a sărit pe tabla de *shōgi* și a răsturnat toate piesele pe jos. Te-ai fi așteptat ca bătrânii

1. Șah japonez.

să fie consternați, dar ei n-au făcut altceva decât să zâmbească strâmb, de parcă era ceva obișnuit, și au eliberat banca.

Privindu-mă cu coada ochiului cum mi-am înclinat capul în fața bătrânilor, Varză s-a trântit pe banca din lemn de pe care vopseaua albastră se scorojise și a început să-și lingă labele.

Pentru că nu dădea semne că avea să se miște de-acolo o vreme, m-am așezat și eu lângă el și n-am făcut altceva decât să privesc la marea ce se întindea în depărtare. O lume pașnică ce părea a nu avea limite. Așa cum făceam întotdeauna, am căutat cu privirea ceasul din parc. Cum era de așteptat, nu l-am văzut. Nu puteam să-mi dau seama dacă pacea și liniștea aceea fuseseră aduse de dispariția regulilor numite „timp" sau dacă existaseră aici dintotdeauna. Însă atunci când reușești să accepți o lume din care timpul a dispărut, te cuprinde un sentiment tihnit de eliberare.

— Și totuși, oamenii chiar sunt niște ființe ciudate, stăpâne, a spus Varză, întorcându-se către mine, căci își terminase probabil toaleta.

— Așa să fie?

— De ce dau nume florilor, de exemplu?

— Pentru că sunt de multe feluri. Trebuie să le diferențiem cumva, nu?

— Doar pentru că sunt de multe feluri, nu înseamnă că fiecare trebuie să aibă un nume, nu-i așa, stăpâne? Nu se poate ca toate florile să se cheme „flori“?

Avea dreptate. De ce dau oamenii nume florilor? Și nu doar florilor. Și lucrurilor, și culorilor, și formelor, și chiar și oamenilor. De ce e oare nevoie de nume?

La fel e și cu timpul. Soarele răsare, apoi apune. Oamenii n-au făcut altceva decât să dea unor astfel de fenomene naturale nume precum „an“, „lună“, „zi“ sau „oră“, „minut“, „secundă“.

În lumea lui Varză, nu există timp. Nici ceasuri, firește. Nu există nici programe, nici întârzieri. Nici studenți în anul întâi, în anul al doilea sau în anul al treilea, nici vacanță de vară, de iarnă sau de primăvară. Nu există decât schimbările aduse de fenomenele naturii și reacțiile corpului, cum ar fi că-i e foame sau somn.

Într-o lume fără ceasuri, pot să stau să mă gândesc pe îndelete. Și astfel, toate regulile hotărâte de oameni încep să se prăbușească. Mi-am dat seama că, la fel ca și în cazul timpului, nu există nici alte scale de măsurare cum ar fi cea pentru culori sau cea pentru temperatură. Toate sunt doar „nume“ pe care oamenii le-au dat unor senzații.

Dacă privim din perspectiva tuturor lumilor în afară de cea a oamenilor, nu există nici ore, minute și secunde, nici albastru, roșu și galben, nici temperatură. Dar dacă nu există galben și roșu, atunci lui

Varză nu i se par oare păpădiile drăgălașe, iar trandafirii, frumoși?

— Varză, totuși, ce drăguț din partea mamei că a mers în toate aceste plimbări cu tine, în fiecare zi.

— Ce spune domnia voastră, stăpâne?

— Probabil că nu i-a fost ușor să-și potrivească programul după toanele tale. Cred că mama chiar a ținut mult la tine.

— Mama?

— Ah, mama mea. Dar e și mama ta.

— Mama...? Dar ce anume este aceea, stăpâne?

Rămăsesem fără cuvinte.

Varză o uitase pe mama.

Așa ceva nu era posibil. Ba nu, era ceva ce nu avea voie să se întâmple!

Mi-a apărut în fața ochilor chipul mamei din ziua aceea, în care îl adusese acasă pe Varză. Parcă trist, parcă melancolic. Dar cu o expresie plină de speranță. Mama, care întotdeauna se uita la televizor împreună cu Varză. Mama, care îl mângâia pe Varză fără încetare, până când acesta îi adormea în poală. Mama, care spre sfârșit dormea și ea împreună cu el, amândoi pe canapea. Chipul acela blând! Sufletul mi s-a strâns.

— Chiar nu ți-o amintești pe mama?

— Cine este această ființă, stăpâne?

Varză arăta ca cineva care se întreba: „Despre ce naiba vorbește omul ăsta?" Da, se vede că într-adevăr nu-și amintea. Eram trist, dar parcă mai tare mă durea. Iar inocența lui Varză făcea ca lucrurile să fie și mai crude.

În adâncul sufletului meu, crezusem întotdeauna în povești precum *Hachiko*, cu animale care nu-și uită niciodată stăpânii. Dar oare asta nu era de fapt doar o iluzie pe care și-o fac oamenii despre animale? Iar Varză avea oare să mă uite și pe mine? Avea să vină ziua în care eu să dispar din lumea lui?

Timpul pe care eu îl trăisem fără nici o grijă începuse să mi se pară incredibil de important. Oare de câte ori aveam să mai pot ieși la plimbare împreună cu Varză? În timpul care-mi mai rămăsese, de câte ori mai puteam oare să ascult piesa care-mi plăcea atât de mult? De câte ori mai puteam să beau cafea, să mănânc, să spun „Bună dimineața", să strănut, să râd? De câte ori?

Nu mă gândisem niciodată la asta. Nici când mă întâlneam cu mama. Dacă aș fi înțeles toate acestea, aș fi dat mai multă importanță fiecărei întâlniri în parte. Iar mama... s-a dus din lumea aceasta înainte ca eu să-mi dau seama de lucrurile acestea atât de evidente.

Oare eu am făcut ceva cu adevărat important în cei treizeci de ani pe care i-am trăit? M-am întâlnit cu oamenii cu care chiar am vrut să mă întâlnesc și le-am spus oamenilor speciali din viața mea ceea ce este cu adevărat important?

În loc să-i dau un singur telefon mamei, mintea mea era mereu plină de lista de apeluri recente care mi se desfășura în fața ochilor. Am trăit fiecare zi amânând mereu lucrurile care contau și punând pe primul loc ceea ce mi se înfățișa privirii, deși nu era nimic însemnat.

Cu cât eram mai prins de lucruri derizorii, cu atât pierdeam timpul în care aș fi putut face lucrurile cu adevărat importante. Și ce era cel mai înspăimântător era faptul că nici măcar nu-mi dădeam seama că pierdeam acele momente prețioase. Dacă aș fi încercat să mă rup puțin de curgerea timpului, aș fi înțeles imediat care era telefonul important pentru viața mea.

M-am uitat la Varză.

Nu știu când, dar adormise pe bancă, făcut covrig. Se încolăcise, strângându-și sub corp lăbuțele frumoase, de un alb imaculat, o minunată armonie de alb, negru și gri. Tic-tic, îi bătea inima. Cum stătea acolo dormind, era aproape inimaginabil că bătăile acelea atât de puternice veneau de la el.

Am auzit că la mamifere, indiferent de specie, inima bate cam de două miliarde de ori în timpul vieții.

Elefanții trăiesc cincizeci de ani. Caii, douăzeci. Pisicile, zece. Șoarecii, doi ani. Dar toți mor la fel, după două miliarde de bătăi de inimă. Oamenii, șaptezeci de ani. Oare inima mea o fi bătut de două miliarde de ori?

Până acum, viața mea a mers din trecut spre prezent, îndreptându-se spre viitor. Dar, de când a devenit limpede că viitorul are limite, am avut senzația că mai degrabă acesta vine spre mine decât că eu merg spre el. Pășesc într-un viitor deja stabilit.

Ce ironic! Când mi s-a spus că nu mai am decât puțin de trăit, a fost pentru prima oară când eu, prins într-o lume în care nu mai aveam timp, am început să mă uit cu atenție la viitorul meu.

Partea dreaptă a capului a început să mă doară tare. Mi-e greu să respir.

Încă nu vreau să mor. Mai vreau să trăiesc.

Ce să înlătur din lume mâine?

Pentru viața mea, ce să pierd din viitorul meu?

Varză a mai dormit încă multă vreme.

Când copiii au început să plece din parc, iar soarele să se îndrepte către apus, în sfârșit a deschis și el ochii. S-a întins așa de mult că m-am temut că va cădea de pe bancă și a căscat atât de tare încât i-a trebuit ceva timp ca să termine și să închidă gura. Apoi și-a întors încet privirea către mine.

— Stăpâne, o luăm și noi din loc?

Încă somnoros, Varză rostise cuvintele acelea cam de sus, iar acum sărise de pe bancă și începuse să coboare panta mergând legănat.

Se îndrepta spre strada comercială care ducea la gară. Imediat ce a intrat pe stradă, s-a oprit în fața unui restaurant de tăieței și a scos un mieunat („Hei!“). În clipa următoare, din restaurant a ieșit proprietarul ținând în mână niște fulgi uscați de pește. După ce și-a primit porția, Varză a mai mieunat o dată („Bun!“) și a pornit mai departe. Privind la toate acestea, nici nu mai înțelegeai care era stăpânul și care era animalul.

Se pare că Varză era foarte cunoscut pe strada plină de magazine, căci era strigat la tot pasul. Eu păream doar un umil servitor care îl însoțea. Asta, deși eram stăpânul. Dar partea bună a fost că, datorită popularității de care se bucura, am reușit să obțin reduceri și la legume, și la pește, și la garnituri. „Reducere de pisică“ – chiar așa s-ar fi putut numi.

— De-acum încolo nu mai merg la cumpărături fără tine, i-am spus, cu mâinile pline de plase.

— Asta este foarte bine, dar domnia voastră ar putea acum să gătească ceva care să fie pe umilul nostru gust?

— Păi nu-ți dau întotdeauna? Mâncare de pisici *Neko-manma*?

În momentul acela, Varză s-a oprit brusc din mersu-i legănat.

— Ce e?

Părea să tremure de furie.

— E vorba despre... E ceva ce-mi doresc de mult să-i spun domniei voastre.

— Ce? poți să-mi spui orice.
— *Neko-manma* – ce e asta, de fapt?
— Poftim?
— Nu sunt decât niște resturi pe care oamenii nu le mai mănâncă, dar cărora le-au dat un nume!!!

Probabil că furia îl înfierbântase rău de tot, căci Varză a scos un miorlăit aspru și a început să-și ascută enervat ghearele de un stâlp de electricitate din apropiere.

Așa de tare detesta pliculețele de *Neko-manma*? Asta m-a pus din nou pe gânduri, făcându-mă să meditez la toate deciziile egoiste pe care le iau oamenii. Și chiar atunci, la capătul drumului în pantă, s-a zărit blocul nostru.

După ce am ajuns acasă, am mâncat împreună pește prăjit (nu *Neko-manma*!) și ne-am întors la a ne petrece timpul în liniște și relaxare.
— Auzi, Varză?
— Ce s-a întâmplat, stăpâne?
— Chiar n-o mai ții minte pe mama?
— Nu mi-o amintesc, stăpâne.
— Aha... mda, asta chiar e trist.
— De ce e trist, stăpâne?

N-am putut să-i explic lui Varză de ce e trist. Nici măcar n-am putut să-l învinovățesc că uitase. Dar aș fi vrut să-i spun despre timpul pe care el și mama îl petrecuseră împreună. Timpul acela existase, cu siguranță.

M-am ridicat în picioare și am scos din dulap o cutie de carton. În cutia plină de praf era un album de fotografii cu coperți roșii. Am hotărât să i-l arăt.

I-am povestit tot felul de întâmplări, în timp ce dădeam paginile albumului.

Vechiul fotoliu balansoar care îi plăcea lui atât de mult. Mama se dădea în el, cu Varză în poală, înainte-înapoi, înainte-înapoi. „Și-aici ești tu, Varză. Aici era locul tău bine stabilit. Și ghemul tău, pe care-l adorai. Te jucai încontinuu, fără oprire. Și găleata veche de tinichea. Nici nu ne dădeam seama când te băgai în ea, dar acolo erai întotdeauna, cu ochii ațintiți la mama. Și prosopul vernil, de care nu te mai despărțeai. De fapt, îi plăcea mamei, dar a devenit al tău și numai al tău. Și micuțul pian de jucărie pe care ți l-a dat mama cadou de Crăciun. Ah, ce poză! Cântai la el, uite, cântai. L-ai smotocit un pic cam tare, dar a fost un concert pe cinste. A, și asta. Pomul de Crăciun. În fiecare an, când mama începea să-l decoreze, te cuprindea un entuziasm fără limite. Dărâmai totul imediat, iar mamei îi era tare greu. Uite, poza asta. Tocmai săreai în brad. Ce harababură! Ah, Varză, ce răutate erai! Dar mama era totuși fericită." După ce am terminat primul album, am trecut la următorul.

I-am povestit în continuare lui Varză.

I-am spus de Salată.

Despre ziua ploioasă în care Salată a venit la noi. Despre cum mama nu s-a mai putut mișca atunci când el a murit. Apoi, despre ziua în care l-a cules pe el de pe stradă. Și despre zilele fericite. Și-apoi, despre cum s-a îmbolnăvit mama. Varză mă asculta cu atenție, în tăcere.

Din când în când, îl întrebam „Îți aduci aminte?“, dar el părea că nu-și amintește absolut nimic. Varză uitase totul.

Dar privirea i s-a oprit deodată asupra unei fotografii.

Pe plajă, dimineața devreme. Eu, îmbrăcat în *yukata*[1], cu mama și cu tata. Mama era în scaunul cu rotile, iar în poală îl ținea pe Varză, care părea foarte morocănos. Eu și tata râdeam, parcă un pic încurcați. Chipurile acelea zâmbitoare erau așa o raritate, încât, fără să-mi dau seama, am rămas cu ochii la fotografia aceea.

— Cine este acesta, stăpâne?

Probabil că pe tata îl văzuse foarte rar, așa că părea foarte interesat de el.

— Ăsta e tata, i-am răspuns eu scurt.

Nu prea voiam să vorbesc despre el.

— Unde sunteți aici, stăpâne?

— Aici... sigur e atunci când am fost la *onsen*[2].

1. Chimono de vară, din bumbac.

2. Izvor termal și, prin extensie, stațiune cu izvoare termale.

Uitându-mă la ștampila cu dată de pe fotografie, am văzut că era cu o săptămână înainte să moară mama.

— Mama era internată și deja nu se mai putea mișca, dar dintr-odată a spus că vrea să meargă la *onsen*.

— De ce, stăpâne?

— Cred că a vrut să ne lase cu o ultimă amintire frumoasă. Pentru că nu era genul de persoană căreia să-i placă să călătorească.

Varză nu-și dezlipea ochii de pe fotografia aceea.

— Ți-ai amintit ceva?

— Mmda... parcă simt ceva.

Poate că Varză reușea să recupereze un fragment din amintirile lui. Am vrut să-l fac să-și amintească și mai mult, așa că am decis să-i mai povestesc câte ceva despre fotografia aceea.

Era cu patru ani în urmă.

Nu mai aveam nici o speranță în ceea ce privește starea mamei. În fiecare zi voma, suferea și nu putea să doarmă. Dar, într-o dimineață, m-a strigat pe neașteptate.

— Vreau să merg la un *onsen* de unde se vede marea.

Foarte surprins, am întrebat-o de nenumărate ori dacă asta își dorea cu adevărat. Dar mama nici nu voia să audă de altceva, ținea neapărat să meargă.

Nu mai insistase niciodată pentru ceva atât de mult până atunci, de aceea eram peste măsură de mirat.

Am reușit cumva să-l conving pe doctor să-mi dea permisiunea să o externez, dar a apărut o problemă supărătoare.

— Vreau să merg cu tine, cu tata și cu Varză – toată familia.

Mama insista să meargă împreună cu mine și cu tata.

Pe atunci, deși starea mamei era destul de gravă, eu tot nu vorbeam cu tata și nici nu ne mai văzuserăm deloc. Relația noastră, împietrită după atâția ani, ajunsese într-un punct mort. Așa că, desigur, nu aveam nici o tragere de inimă nici să merg cu el la *onsen* și nici să-i spun despre asta. Pe de altă parte, înțelegeam că era probabil ultima excursie în care mama ar fi putut merge. M-am hotărât să-i explic tatălui meu situația.

„Ce prostie“, mi-a răspuns el, fraza lui tipică pentru orice. Deși eram sătul până în adâncul sufletului de tot ce ținea de el, i-am explicat situația și, până la urmă, l-am convins.

Ultima călătorie a mamei. Cum nu mai mersesem cu mama în nici o excursie până atunci, am planificat cel mai grozav program. O stațiune cu izvoare termale aflată pe malul mării, la trei ore de mers cu trenul. Era un orășel frumos, cu hanuri tradiționale, elegante, ce se înșirau pe coastă, iar țărmul mării se întindea până departe, scăldat în lumina blândă a soarelui.

„Aș vrea să merg odată aici“, spusese mama, când a văzut o fotografie a stațiunii într-o revistă.

Am ales un han din categoria superioară. Clădirea de lemn avea mai bine de o sută de ani. Fusese o gospodărie tradițională japoneză, care acum era amenajată ca han turistic. Nu avea decât două camere, iar cea de sus dădea spre mare. După locurile de îmbăiere în aer liber se întindea coasta, așa că puteai să admiri și apusul. M-am gândit că mama s-ar bucura, cu siguranță, să stea acolo, așa că am făcut toate eforturile să obțin o rezervare.

Și în cele din urmă, în ziua programată, petrecuți de doctor și de asistente, am plecat în excursie. După multă vreme, mergeam într-o călătorie toți trei (și pisica).

În tren, așezați unul lângă altul pe locurile neîncăpătoare, tata și cu mine nu vorbeam deloc unul cu altul. De pe scaunele din fața noastră, mama ne privea zâmbind. Tăcerea a continuat timp de trei ore și, chiar când ajunseserăm aproape de capătul răbdării împărțind același spațiu, s-a auzit anunțul că am ajuns în stațiunea termală.

Împingând scaunul cu rotile al mamei, ne-am îndreptat cu pas ușor spre locul de cazare.

Dar când am ajuns acolo, am fost șocați să aflăm că nu era înregistrată nici o rezervare și că nu mai aveau nici un loc liber.

M-am înfuriat.

Am reclamat de câteva ori că făcusem rezervarea prin telefon. Că era ultima călătorie a mamei. Era absurd. Cu toate acestea, proprietara hanului, deși s-a scuzat foarte politicos, nu avea ce face. Mă simțeam pierdut. Îmi părea foarte rău pentru mama.

— Nu e cazul să-ți faci probleme, mi-a spus ea râzând.

Dar eu nu mi-o puteam ierta. Îmi părea atât de rău și eram atât de supărat, că îmi venea să plâng. Nu știam ce să mai fac, și am rămas pur și simplu în picioare.

Și-atunci, tata, cu mâna lui mare și grea, m-a bătut tare pe umăr.

— Nu putem dormi afară.

Spunându-mi asta, a ieșit din clădire în fugă. Prins cu garda jos de mișcarea lui neașteptată, l-am urmat în grabă.

Tata a luat la rând hanurile înșirate de-a lungul drumului, întrebând în dreapta și-n stânga dacă nu aveau cumva locuri disponibile. Eu, care nu-l văzusem niciodată pe tata altundeva decât în ceasornicăria lui, cufundat în tăcere cu orele și reparând ceasuri, eram acum copleșit de mirare. Chiar și atunci când venea la competițiile mele sportive, stătea jos, nemișcat ca un bolovan, așa că era prima oară în viața mea când îl vedeam alergând de colocolo.

„Ah, de fapt, tatăl tău se mişca foarte repede odată."

Mi-au venit în minte aceste cuvinte ale mamei în timp ce mă ţineam după tata, care alerga prin staţiune cu o eleganţă ce nu se potrivea deloc cu corpul lui mărunt şi îndesat.

Probabil pentru că era un sfârşit de săptămână din plin sezon, peste tot era ocupat. Eu şi tata alergam de colo-colo, lovindu-ne de refuz după refuz. Mergeam şi separat, ne duceam şi împreună. N-o puteam lăsa pe mama să doarmă afară. Pentru că era ultima ei excursie. Aceea a fost clipa în care am făcut ceva împreună cu tata, simţind acelaşi lucru, pentru prima oară în viaţa mea de adult.

Ne-am dat de ceasul morţii căutând cazare la toate hanurile de pe coastă, am alergat în toate direcţiile, şi până la urmă am reuşit să găsim un loc liber. Deja se întunecase şi nu se mai vedea bine afară, dar ne-am dat seama de la prima privire că era un han destul de ponosit. Când am intrat, am văzut că, într-adevăr, clădirea era veche, iar podeaua scârţâia sub picioare.

— Ce loc bun, nu? a spus mama, fericită.

Dar eu suferam. Când mă gândeam că trebuia să stăm acolo, aveam o strângere de inimă. Însă nu aveam ce face. Aşa cum spusese tata, nu puteam dormi afară. Neavând de ales, am rămas să înnoptăm acolo.

Era un han vechi, fără îndoială, dar servitoarea şi proprietarul erau foarte amabili. Mâncarea n-a fost extraordinară, dar ne-au oferit multe feluri, toate gustoase. Mama râdea, repetând mereu că e bună, că e delicioasă. Văzându-i chipul zâmbitor, mi s-a mai înmuiat sentimentul de vinovăție.

În seara aceea, am dormit pe saltelele tradiționale așezate una lângă alta. Oare de când nu mai făcuserăm asta?

Privind la scândurile din tavan, mi-am adus aminte de casa în care locuiam când eram elev. Nu avea multe camere, iar noi trei dormeam întotdeauna în dormitorul de la etaj, unde ne aranjam saltelele de dormit una lângă alta.

După douăzeci de ani, mă uitam din nou în sus, la un tavan de scânduri. Ce ciudat era! Cu siguranță că era ultima noapte pe care o petreceam în trei. Gândul acesta nu mă lăsa să dorm. Cred că nici tata și nici mama nu puteau dormi. În cămăruța întunecată, doar sforăitul ușor al lui Varză se auzea ritmic, suprapunându-se peste sunetul valurilor.

În cele din urmă, afară a început să se lumineze. Probabil că era ora patru sau cinci. M-am ridicat din așternut și m-am așezat pe un scaun de lângă fereastră. Am tras perdeaua și, când am privit afară, am rămas cu gura căscată. Chiar de sub fereastra vechiului han, începea marea cea întinsă. Cum găsisem hanul după lăsarea întunericului, nu-mi imaginasem că marea era chiar acolo, în fața ochilor noștri.

Stăteam acolo de ceva vreme, privind marea fantasmagorică, învăluită într-o lumină tulbure, când mi-am dat seama că și părinții mei se treziseră. M-am întors la ei și am văzut că amândoi aveau cearcăne mari sub ochi. Deci nici unul dintre noi nu putuse să doarmă.

— Poză! Să facem o poză! Îmi place așa de mult marea dimineața.

L-am luat pe sus pe Varză, care dormea, l-am așezat fără voia lui în brațe la mama, ne-am aranjat chimonourile și am ieșit din cameră. Împingând scaunul cu rotile, ne-am îndreptat spre țărm. Afară încă nu se luminase de tot și era rece. Mama voia să meargă și mai aproape de apă, dar când am intrat pe nisipul ud și greu, scaunul cu rotile n-a mai vrut să înainteze. Însă chiar atunci, de după linia orizontului a început să se ridice soarele, și apa mării a început să strălucească puternic. Copleșită de frumusețea priveliștii, familia noastră s-a oprit în loc. Și am rămas cu ochii ațintiți la marea sclipitoare.

— Repede! Poză!

Cuvintele mamei m-au readus la realitate și am pregătit imediat aparatul foto. Eu și tata făceam poze cu schimbul, dar a apărut proprietarul hanului, care s-a oferit să ne fotografieze împreună. Cu marea în spate, mama stătea în scaunul ei cu rotile, iar eu și tata ne-am așezat pe vine de-o parte și de alta a ei. Treaz în sfârșit, părând încă nemulțumit în poala mamei, Varză a căscat prelung.

— Zâmbiți, vă rog! a spus proprietarul și a apăsat pe buton.

— Vă mulțumim, am zis și m-am îndreptat spre el să iau aparatul.

— Nu, încă una.

M-am întors la mama și m-am lăsat în jos, lângă ea.

— Zâmbiți... haideți, păsărica!

Proprietarul se străduia din răsputeri să ne facă să râdem și, chiar în clipa în care pe fețele noastre s-a ivit un zâmbet forțat, a apăsat pe buton.

— Ți-ai amintit ceva? l-am întrebat pe Varză, când am terminat povestea ultimei noastre excursii.

— Hmm... nu, chiar nu-mi amintesc nimic, stăpâne.

— Așa, deci? Păcat. Varză...

— Îmi pare rău. Nu-mi aduc aminte de nimic, nicicum, stăpâne. Însă...

— Însă?

— Eram fericit. Doar asta țin aminte.

— Erai fericit?

— Da, stăpâne. Îmi amintesc doar că, în clipa aceasta imortalizată în poză, eram fericit.

Varză nu-și amintea nici de mama, nici de tata, nici de hanul vechi sau de mare, de nimic. Dar își aducea aminte că „era fericit".

Ce sentiment bizar! Era ceva în cuvintele lui Varză care îmi atrăsese atenția.

Și atunci, privind din nou fotografia, mi-am dat seama.

Mama nu-și dorise de fapt să meargă într-o excursie.

Sperase ca eu și tata să ne împăcăm.

Își dorise doar ca la final să ne vadă vorbind, petrecând timp împreună.

— Ah, mi-a scăpat, fără să vreau.

De ce nu-mi dădusem seama oare? Mama, care de când mă născuse pe mine, nu făcuse altceva decât să-și dedice timpul lui tata și mie, n-avea cum să folosească acele clipe de la sfârșit numai pentru ea. Ne-a dedicat nouă chiar și ultimele ei momente din viață.

Mamă, m-ai păcălit! Nu mi-am dat seama de asta deloc până acum! M-am uitat lung la fotografia aceea. În ea, tata zâmbea încurcat. La fel și eu, semănând atât de bine cu el, mă forțam să zâmbesc. Iar mama zâmbea de parcă n-ar fi putut fi mai fericită de atât.

Privind chipul mamei, am simțit că mă doare sufletul. Mă cuprinseseră suferința, tristețea, nostalgia și nici nu mi-am dat seama când lacrimile au început să-mi curgă pe obraji, chiar acolo, în fața lui Varză. Fără să scot nici un sunet, fără să mi se schimbe deloc expresia feței. Doar mă uitam la poză și plângeam în tăcere.

Cu o expresie îngrijorată, Varză a venit lângă mine și mi s-a urcat pe genunchi. Căldura lui mi s-a împrăștiat în corp și inima mi s-a înmuiat.

Ce ființe grozave sunt pisicile! Deși Varză nu răspundea niciodată sentimentelor mele, atunci când aveam nevoie cu adevărat de el, îmi era aproape.

Probabil că în lumea pisicilor, așa cum nu există timp, nu găsești nici „singurătate". Există doar „timpul meu" și „timpul în care mai sunt și alții în afară de mine". Se poate ca singurătatea să fie ceva întru totul omenesc.

Și totuși. Mă uit la chipul zâmbitor al mamei și mă gândesc: tocmai pentru că avem ceea ce se numește „singurătate" avem și alte sentimente.

Îl întreb pe Varză, în timp ce-i mângâi corpul cald.

— Auzi, Varză, tu știi ce-i iubirea?

— Asta... ce este, stăpâne?

— Ei bine, se poate să fie ceva ce pisicile nu înțeleg, dar ea există la oameni. E atunci când îți place cineva, când cineva e important pentru tine, în orice caz, e sentimentul că vrei să fii împreună cu persoana aceea.

— Și acesta este un lucru bun, stăpâne?

— Da... E drept că uneori poate deveni enervant sau împovărător, dar, da, e un lucru bun. Mda, e un lucru foarte bun.

Așa e. Noi avem sentimentul numit „iubire".

Cum altfel, dacă nu „iubire“ s-ar putea numi expresia de pe chipul mamei?

Iar această iubire, care poate fi uneori atât de omenesc de enervantă sau împovărătoare și care totuși ne susține pe noi, oamenii, fără echivoc, seamănă bine cu timpul. Timpul, culorile, temperatura, singurătatea, și apoi, iubirea. Lucrurile care nu există decât în lumea oamenilor. Lucrurile care ne țin sub control, dar care ne și fac liberi. Tocmai aceste lucruri sunt cele care ne fac pe noi oameni.

Chiar în clipa în care mi-a trecut prin minte acest gând, în urechi mi-a răsunat ticăitul unui ceas: tic-tac.

Ha? Mi-am întors privirea spre capătul patului. Nu, desigur, nu era nici un ceas acolo.

Și totuși, chiar dacă nu mi se arăta vederii, simțeam că acolo era cu siguranță ceva pe care mă puteam baza. Sunetul nenumăratelor tic-tac-uri mi se părea a fi cel al bătăilor inimilor tuturor oamenilor care trăiesc sau care ar putea trăi în lumea aceasta.

Secundarele cronometrelor, învârtindu-se.

Bărbații cu corpuri atletice, care termină cursele de o sută de metri.

Secundarele care se învârt rapid. Se apasă butonul.

Butonul care a fost apăsat este al ceasului deșteptător.

Copiii care au apăsat pe buton se cuibăresc în paturi.

În visele visate de copii, acele ceasornicelor de perete se învârt, și vine dimineața.

Lumina dimineții scaldă stâlpul cu ceas.

Sub ceasul de pe stâlp, iubiții care se întâlnesc.

Pe lângă ei, eu trec în grabă spre stația de tramvai.

Mă uit la ceasul de mână.

Sar în tramvaiul care, ca întotdeauna, întârzie puțin.

Locul în care ajung într-un final e micuța ceasornicărie.

Un loc înghesuit și nenumărate ceasuri.

Tic-tac-tic-tac. Ecoul care răsună. Ecoul care sculptează timpul.

Îmi aplec urechea o vreme spre urma acelui ecou.

E sunetul pe care l-am auzit mereu, de când eram copil.

Sunetul care mă ține sub control, sunetul care mă eliberează.

Sufletul mi se destinde și mi se înmoaie.

Și, în cele din urmă, sunetul acela se îndepărtează câte puțin, câte puțin, până se șterge.

— Ei, Varză, ce zici, ne culcăm? l-am întrebat eu, strângând albumul.

— Miau, răspunse el.

— Varză, ce ai? Dintr-odată te porți ca o pisică.

N-am primit nici un răspuns de genul: „O glumă proastă, stăpâne.“

În loc de asta, Varză continua să miaune: „Miau! Miau!“ Asta îmi dădea un sentiment neplăcut.

— Sunteți dezamăgit, stăpâne? am auzit dintr-odată o voce în spatele meu.

Mirat, m-am întors, iar acolo era Aloha. Purta o cămașă hawaiiană neagră, cu un model bizar, un imprimeu cu marea în noapte. Stătea în picioare și rânjea.

— Stăpâne, stăpâne, veți muri curând?

— Ce glumă nesărată!

— Gata, gata, îmi cer scuze. Am impresia că vraja n-a ținut chiar atât de mult pe cât am crezut. Deja s-a transformat la loc într-o pisică obișnuită! Sunteți dezamăgit, stăpâne?

— Termină odată!

— Da, gata. Dar să știi că e numai bine.

Spunându-mi asta, Aloha a zâmbit cu subînțeles. Un zâmbet diavolesc, pe care-l mai văzusem cândva.

Malițiozitate. Tot un sentiment întru totul omenesc.

— Am decis ce urmează să înlături din lume în continuare, a spus Aloha zâmbind.

Aveam un presentiment rău. Simțeam o greutate în piept.

Imaginația. O facultate pe care doar oamenii o au.

În minte mi se derulau imagini crude.

— Termină! am strigat, fără să mă gândesc.

Nu, nu eu eram cel care strigase. Strigase diavolul care avea același chip ca mine.

— ...exact asta ai vrea să strigi, nu? a râs Aloha.

— Te rog... termină! l-am implorat sfârșit, căzând în genunchi.

Și atunci, Diavolul mi-a spus.

Să facem ca din lumea asta să dispară pisicile.

Vineri:
și dacă pisicile ar dispărea din lume

Corpul îi tremura.

A scos un mieunat încet, plin de suferință.

Oare vrea să-l ajut?

Nu eram în stare de nimic, nu puteam decât să mă uit la el.

Salată a încercat de mai multe ori să se ridice, dar n-a reușit, lăsându-se la loc jos.

— Probabil că asta a fost tot, am șoptit eu.

— Da, așa e. Probabil că așa e, mi-a răspuns, tristă, mama.

Trecuseră cinci zile de când Salată zăcea ca într-un somn adânc.

Nu mai putea să mănânce nici măcar tonul care îi plăcea atât de mult. Nu mai putea nici să bea apă. Petrecea din ce în ce mai mult timp dormind. Și, în cele din urmă, n-a mai putut nici să se ridice.

Și cu toate acestea, a încercat de nenumărate ori. I-am turnat în gură un amestec de apă cu *Pocari*

Sweat[1]. A înghițit câteva picături și s-a ridicat clătinându-se, chiar dacă nu mai avea nici un pic de putere. Și totuși s-a ridicat. Săltând încet câte o lăbuță, a făcut câțiva pași șovăielnici până a ajuns în fața mamei, unde s-a prăbușit.

— Salată! am strigat, repezindu-mă să-l iau în brațe și să-l ridic.

Corpul încă îi era cald. Slăbise foarte tare și era incredibil de ușor. Fără nici un pic de vlagă, trupul lui atârnând tremura încetișor. Îmi spunea că Salată era între viață și moarte.

Mi s-a făcut frică. Nu puteam cuprinde cu mintea faptul că o viață se stingea în fața ochilor mei, eram buimac. Am simțit că puterea mi se scurgea din brațe, așa că l-am pus încet pe Salată în poala mamei.

Pe genunchii ei, s-a liniștit și a început să toarcă. A scos un mieunat slab, de parcă ar fi spus că acolo era locul lui.

Mama îl mângâia cu blândețe.

Și-atunci a închis ochii și tremuratul trupului lui s-a oprit.

S-a ridicat încet, însuflețit parcă, a deschis ochii mari și s-a uitat lung la mine și la mama. Și-apoi, într-un final, a tras adânc aer în piept și a rămas nemișcat.

---

1. Băutură electrolitică foarte populară în Japonia.

— Salată!

L-am strigat de multe ori, crezând că doarme. Îl strigam încontinuu, sperând că la un moment dat va deschide ochii.

— Lasă-l în liniște. A plecat într-un loc în care nu mai suferă, a spus mama, continuând să-l mângâie. Ai suferit, nu? Ți-a fost greu, nu? Îmi pare rău că n-am putut să fac nimic. Gata, de-acum e bine. Gata, nu mai suferi.

În timp ce rostea aceste cuvinte, lacrimile i se prelingeau pe obraji.

Privind-o, am înțeles în sfârșit.

Salată murise.

La fel cum rămăseseră nemișcați scarabeul și racul pe care-i îngrijisem mai demult, și Salată murise.

Năucit, i-am atins trupul.

Era călduț încă. Dar complet nemișcat.

Priveam nu la rămășițele lui Salată, nici la mama, care plângea, ci la zgarda roșie din jurul gâtului lui. Arăta rău, căci încercase de nenumărate ori s-o dea jos și o tot mușcase. Până cu câteva clipe în urmă părea a fi o parte din el, ceva viu, dar dintr-odată arăta doar ca un simplu obiect roșu, rugos.

Abia când i-am atins zgarda, m-a lovit sentimentul sfârșitului. Am plâns în hohote, cu sughițuri care aproape mă făceau să vomit.

Când m-am trezit, ochii îmi erau plini de lacrimi.

Era încă întuneric. Să fi fost trei dimineața.

Când m-am uitat lângă mine; Varză, care ar fi trebuit să doarmă acolo, nu era.

Panicat, am sărit din pat și m-am uitat repede în jur. Încolăcit, dormea la picioarele patului (întotdeauna se foia mult). Ce ușurare! Varză e încă aici.

Ieri-seară, Aloha îmi propusese să facem ca, în schimbul prelungirii vieții mele, pisicile să dispară din lume.

Viața și pisicile. Nu-mi pot imagina absolut deloc cum ar arăta viața mea de-acum fără Varză. În cei patru ani de când a murit mama, Varză mi-a fost alături mereu. Nu, nu-l pot face să dispară. Dar ce ar trebui să fac?

Și dacă pisicile ar dispărea din lume.

Lumea din care pisicile au dispărut oare ce-ar câștiga? Sau ce-ar pierde?

Mi-am amintit cuvintele mamei.

„Oamenii și pisicile își duc viața împreună de mai bine de zece mii de ani. Și, trăind unii cu alții atâta timp, ajungi să-ți dai seama că, de fapt, nu oamenii sunt cei care cresc și îngrijesc pisicile, ci pur și simplu pisicile le fac oamenilor favoarea de a sta lângă ei.“

Varză dormea încolăcit. M-am întins lângă el și m-am uitat mult la fața lui. Fața lui adormită, atât de liniștită. Nici nu visează că ar putea să dispară.

Pare că din clipă în clipă o să-mi spună: „Aș vrea să mănânc, stăpâne."

Dar, uitându-mă neîntrerupt la fața lui adormită, am senzația că îmi spune: „Cât despre umila mea persoană, dacă e să o fac pentru domnia voastră, aș putea și să dispar, stăpâne."

Se spune că doar oamenii au conștiința morții. La pisici nu există teama de moarte. De aceea oamenii, acceptând clipă de clipă teama și durerea morții, cresc pisici.

O fac în ciuda faptului că știu că, până la urmă, pisicile vor muri înaintea lor, iar moartea acestora le va aduce o tristețe fără margini. În ciuda faptului că își dau seama că acea tristețe va veni cu siguranță într-o zi, ca un fapt inevitabil, în ciuda tuturor acestor lucruri, oamenii cresc pisici.

Cu toate acestea, nici oamenii nu-și pot jeli propria moarte. Moartea nu există decât în jurul nostru. Fundamental vorbind, moartea unei pisici și moartea unui om sunt același lucru.

Gândindu-mă astfel, mi-am dat seama de ce cresc oamenii pisici. Probabil că fac asta pentru că, neputându-se cunoaște pe ei înșiși, își duc viața alături de ele ca să-și cunoască propria formă, propriul viitor și, în cele din urmă, propria moarte. Era exact așa cum spunea mama. Nu pisicile sunt cele care au nevoie de oameni. Oamenii sunt cei care au nevoie de pisici.

Toate gândurile acestea mi se învârteau prin minte, când am simțit durerea ascuțită din partea dreaptă a capului.

Corpul meu. Micul meu corp aflat sub controlul morții. Chircit în pat fără nici un pic de putere, tremurând, eram exact ca Salată cel de odinioară. Simțeam o apăsare în piept.

Durerea de cap era din ce în ce mai puternică. Am mers în bucătărie, am luat cu apă două analgezice și m-am întors în pat. Am căzut apoi într-un somn adânc.

— Și, ce ai de gând să faci?

Vocea de aseară a lui Aloha.

— E vorba despre pisici și viața ta.

Râdea.

— Nu e o alegere grea, nu-i așa? Dacă tu nu exiști, nici n-o să poți iubi motanul, nu? Dacă e să privim lucrurile așa, nu ai mare lucru de pierdut.

— Poți să aștepți un pic?

— Te îngrijorează ceva?

— Te rog, așteaptă puțin!

— Am înțeles. Aștept decizia ta mâine, înainte să ți se șteargă viața, mi-a spus Aloha și a dispărut.

Deschid ochii. Afară e deja lumină. S-a făcut dimineață.

Mă ridic încet și îl caut cu privirea pe Varză.

Nu e.

Nu-i aici.

Oare unde s-o fi dus? Să fi decis eu ca pisicile să dispară când eram încă pe jumătate adormit?

Îmi rotesc privirea prin cameră. Văd prosopul portocaliu vechi pe care doarme Varză întotdeauna. Mă uit pe bibliotecă, mă uit sub pat, în baie, în cabina de duș. Nu e nicăieri. Lui Varză îi plac locurile strâmte. Întotdeauna se ascunde în cuva mașinii de spălat. Nu e nici acolo.

Pe pervaz. Îi place să se cațăre acolo. Să-și lase coada să atârne și să dea încet din ea. Când doarme, i se zărește spatele curbat. Și, după un timp, începe să i se audă respirația adâncă. Și să se simtă și căldura trupului lui.

Mi se pare că aud un mieunat slab.

— Varză...

Iau repede niște sandale în picioare și mă năpustesc afară, împiedicându-mă în ele.

Poate e în parcarea din față. Poate se ascunde sub camioneta aceea albă.

Nu e.

Alerg pe drumul pe care ne-am plimbat ieri.

O fi în parc?

O pornesc la deal, alergând. Ajung în parc.

Poate e încă pe banca aceea albastră, cu vopseaua sărită.

Nu e.

La restaurantul de tăieței? Poate s-a dus să primească niște fulgi de pește.

Mă întorc și o iau spre strada comercială.

Nu e nici aici.

— Varză!

Fug fără nici o țintă.

Alerg, alerg fără oprire, până când gâtul mi se usucă de sete și plămânii mi se încălzesc de parcă ar lua foc.

Mă dor mușchii picioarelor ca și cum s-ar fi desface în fâșii. Ochii mi se împăienjenesc.

— Mama...

Alergând, mi-am adus aminte de ziua aceea.

Mi-a revenit amintirea amestecului de durere fizică și suferință a sufletului.

Nu vreau să-mi amintesc. Ziua aceea.

Era cu patru ani în urmă.

Și în ziua aceea am gonit. Până la spital. Cu toate puterile.

Mama avusese încă o criză.

Era internată de mult timp și petrecea din ce în ce mai mult timp dormind. Dar câteodată făcea câte o criză, și atunci mă grăbeam să ajung ca să fiu cu ea.

Când am ajuns la spital, mama era în pat, agonizând. Corpul îi tremura foarte tare și repeta mereu că îi e frig.

— Mamă!

Îmi era frică.

Pentru că nu o mai văzusem niciodată așa. Mama, care întotdeauna era luminoasă, blândă, fusese mereu de partea mea. Pentru mine, ea era locul în care mă simțeam în siguranță. Și-acum, mama se ducea. Îmi era atât de frică și eram atât de îndurerat, încât aproape că mi-am pierdut cunoștința.

— Îmi pare rău... Îmi pare rău... murmura întruna.

Am simțit că mă sufoc, iar pe obraji au început să-mi curgă lacrimi.

Cu genunchii tremurând, am continuat s-o mângâi pe mama pe spate.

S-a chinuit vreo oră, dar apoi medicamentele din perfuzie au aruncat-o într-un somn adânc. Chipul ei adormit era atât de liniștit, încât toată suferința de până atunci părea o mare minciună. M-am liniștit și m-am târât până pe un scaun, unde am adormit.

Câte ore să fi trecut? Când am deschis ochii, mama era lângă mine, citind la lumina unei mici lămpi portabile. Era mama pe care o știam dintotdeauna.

— Mamă, te simți bine?

— Ah, te-ai trezit. Îmi pare rău, da, mă simt bine acum.

— Ce bine!

— ...dar, știi... eu... Ce-o să se aleagă de mine oare?

Mama s-a uitat lung la brațele ei. Slăbise foarte mult și mâinile îi erau foarte subțiri.

— Parcă semăn cu Salată, nu?

— Nu spune așa ceva!

— Da, ai dreptate. Îmi pare rău.

Salonul era scăldat de razele soarelui ce asfințea.

Apusul, care întotdeauna se colora în portocaliu, era de un roz proaspăt în ziua aceea.

Fotografia din cameră.

Cu marea în spate, mama în scaunul cu rotile, tata și eu. Toți zâmbeam.

— Ce bine ne-am simțit la *onsen*!

— Da, așa e.

— Deși m-am întrebat ce-o să facem dacă nu găsim cazare.

— Da, chiar mă îngrijorasem atunci.

— Dacă ne gândim acum, a fost, de fapt, destul de comic.

— Da, chiar așa.

— Iar *sashimi*-ul acela a fost delicios.

— Să mai mergem acolo!

— Da... dar, îmi pare rău... cred că nu se mai poate.

Detașată, mama spusese că nu se mai poate.

Eu n-am putut să răspund nimic acelor cuvinte.

— Tata nu vine, nu? am spus eu, nemaiputând suporta tăcerea.

— Nu, nu cred...

— L-am rugat să vină. A zis că pleacă după ce termină de reparat un ceas.

— Așa...

Ceasul de mână pe care mama îl folosise cu atâta grijă. Era singurul pe care îl avea. Iar asta era destul de curios, având în vedere că era soția unui ceasornicar.

— Ce e așa special la ceasul acela?

— E primul cadou pe care mi l-a dat tatăl tău.

— Aha.

— E un ceas de mână pe care mi l-a făcut tatăl tău din diverse piese de anticariat pe care le colecționase.

— Deci a făcut și așa ceva...

— Da, a făcut și așa ceva.

Spunându-mi asta, mama chicotea ca o fetiță.

— Când a venit să mă vadă săptămâna trecută, i-am spus că nu mai merge și l-a luat fără să zică nimic. A vrut să-l repare, probabil.

— Dar nu era momentul acum să-l repare, nu?

— E în regulă. Bineînțeles că mă bucur că tu ești acum aici, dar oamenii își arată afecțiunea și în alte feluri.

— Așa să fie?

— Așa e!

Iar când am terminat această conversație, starea i s-a schimbat brusc și, după o oră, mama a murit.

Am sunat încontinuu la ceasornicărie, dar tata nu a venit la spital.

Când a ajuns, mama era deja moartă de o jumătate de oră.

El ținea în mână ceasul ei.

Până la urmă, nu mai pornise.

În fața trupului neînsuflețit al mamei, l-am ocărât.

De ce atunci?

Nu puteam să-l înțeleg, orice mi-ar fi spus mama.

După ce au luat-o pe mama să o ducă la casa funerară, în salon nu a mai rămas decât patul acoperit de un cearșaf al cărui alb imaculat era aproape insuportabil. Lângă pat, ceasul ei de mână. Din ceasul acela, care păruse întotdeauna o parte din trupul mamei, se scursese acum toată viața și părea doar o vechitură bună de aruncat.

Dintr-odată, mi-am amintit de zgarda roșie a lui Salată, și sufletul mi s-a făcut greu. Am luat încet ceasul și l-am ținut lângă piept, plângând cu suspine.

Din acea zi, eu și tata n-am mai schimbat nici un cuvânt.

Nici acum, oricât m-aș gândi, nu pot înțelege limpede care a fost motivul pentru care relația dintre mine și tata n-a mai funcționat.

Fuseserăm o familie fericită. Ieșeam toți trei să mâncăm împreună sau mergeam în excursii. Dar, nu știu de ce anume, am senzația că, după un timp destul de îndelungat, rădăcinile relației mele cu tata au început să putrezească.

Însă era vorba de familie. E firesc ca familia să fie acolo pur și simplu, și credeam cu convingere că e în firea lucrurilor ca totul să meargă bine la nesfârșit. Și astfel, nici unul dintre noi nu mai asculta ce spunea celălalt și fiecare continua să susțină că doar el are dreptate.

Dar nu era așa.

Familia nu e ceva pe care „îl ai". Familia e ceva pe care „îl faci". Noi doi eram două individualități distincte, legate între ele doar de faptul că ne curgea același sânge prin vene. Și cu toate acestea, ne-am complăcut în această stare până când, ajungând în punctul în care ne-am dat seama ce se întâmplase, deja nu mai aveam ce face.

De aceea, chiar și atunci când mama s-a îmbolnăvit, abia dacă am schimbat câteva cuvinte. Amândoi ne-am gândit doar la noi, niciodată la mama. Mama a continuat să aibă grijă de casă până când starea ei s-a înrăutățit și, chiar dacă pe undeva observasem asta, n-am dus-o la spital.

L-am învinovățit pe tata, care o lăsa să continue să facă totul în casă, iar tata m-a învinovățit pe mine, care nu am dus-o la spital.

Și în cele din urmă, când a venit ultima clipă, eu n-am mai vrut decât să stau lângă ea, iar tata n-a mai vrut decât să repare ceasul. Nici chiar când moartea ei s-a interpus între noi, n-am putut fi împreună până la capăt.

Alerg. Alerg în neștire. Nu-l văd nicăieri pe Varză. Oare chiar să fi dispărut? Oare chiar să-l fi făcut să dispară din lumea aceasta?

Varză! Oare chiar n-o să mă mai întâlnesc niciodată cu tine?

Nici cu blana ta caldă și pufoasă, nici cu coada pe care o legănai ușor, nici cu pernuțele tale moi, nici cu bătăile inimii tale. Oare chiar n-o să te mai pot mângâia vreodată?

Mama, Salată. Nu mai vreau să fiu cel lăsat în urmă.

Eram atât de trist, de amărât, de îndurerat! Ochii mi s-au umplut de lacrimi. Am continuat să alerg, lovind fără milă pământul cu picioarele, gâfâind cu gura deschisă. Am alergat, am alergat încontinuu, până când capul a început să mă doară din ce în ce mai tare și m-am prăbușit la pământ. Pavajul rece. Am continuat să mă târăsc pe el, fără nici o noimă.

Pavajul acela. Când mi-am ridicat privirea, am văzut piața în care mă întâlnisem cu ea în urmă cu trei zile. Mi-am dat seama că ajunsesem în orașul vecin. Am priceput că alergasem cu toate puterile distanța pe care tramvaiul o parcurgea în treizeci de minute. Probabil că era prea târziu. Răceala pavajului m-a trezit la realitate.

Făcusem ca pisicile, ca Varză să dispară din lumea aceasta.

„Miau.“

Mi s-a părut că aud un mieunat slab. M-am ridicat brusc.

„Miau.“ Iarăși se auzea glasul acela pierit.

Am luat-o în direcția de unde venea sunetul.

Visam? Era aievea? Totul se învârtea cu mine. Târându-mi picioarele ca de plumb, am început să alerg.

„Miau.“ Spre locul din care venea mieunatul.

Mi-am dat seama că ajunsesem în fața clădirii din cărămidă. Era cinematograful.

„Miau.“

Era acolo. Varză.

Pe tejghea.

Lungit fără nici o grijă, dădea din coadă ca întotdeauna.

A sărit ușor pe podea.

„Miau.“

A luat-o spre mine. Fără grabă.

Nici nu știu când l-am luat în brațe.

Îl țineam strâns, îl simțeam moale, pufos, cald. Viață.

— Varză...

Nu-i mai dădeam drumul din brațe, iar el a început să toarcă.

— Ah, ce bine!

În fața mea a apărut ea. Ah, da, ea locuia acolo.

— M-am trezit dintr-odată cu Varză aici.

— Mulțumesc. Chiar e o mare ușurare.

— Iarăși plângi. Nu te-ai schimbat deloc, întotdeauna plângeai cu ușurință.

Lacrimile începuseră să-mi curgă pe obraji fără să-mi dau seama.

Mă simțeam prost. Dar eram în culmea fericirii.

Varză nu dispăruse. Era în brațele mele.

M-am ridicat, ștergându-mi lacrimile.

— Sigur mama ta a făcut asta.

— Ce vrei să spui?

Mi-a întins o scrisoare.

Îmi era adresată mie. Avea și timbru. Nu avea ștampilă cu data poștei.

O scrisoare scrisă, dar care nu fusese trimisă niciodată.

— De la mama ta. Am ținut-o până acum.

— De la mama?

— Da. Mi-a dat-o când am mers s-o vizitez la spital.

Nu știam că ea fusese s-o vadă pe mama la spital.

Uluit, am luat scrisoarea.

— Mama ta a scris-o, dar n-a putut-o trimite. Se temea că, dacă o va trimite, nu te va mai vedea niciodată. De aceea m-a rugat să ți-o dau dacă vei trece vreodată prin clipe grele, pline de suferință.

— Aha...

— Am refuzat-o, să știi. Noi doi eram deja despărțiți. Dar mi-a spus că nu era nevoie să ți-o dau direct. Putea să ți-o ducă cineva, era suficient. Însă văzându-l pe Varză aici și pe tine cum plângeai, m-am gândit că acum e momentul.

— Momentul?

— Momentul în care treci prin clipe grele, pline de suferință.

— Așa, deci...

— Mama ta chiar că a fost extraordinară. Parcă ar fi avut puteri magice, mi-a spus ea zâmbind.

M-am așezat pe canapeaua din hol, luându-l pe Varză pe genunchi.

Apoi, am deschis încet scrisoarea.

Pe prima pagină stătea scris mare (dar cu caractere foarte frumoase):

„Zece lucruri pe care vreau să le fac înainte să mor"

Tot efectul era stricat de la bun început. Mamă și fiu, amândoi făcuserăm același lucru. Zâmbind, m-am uitat pe pagina a doua.

Cred că nu mai am mult de trăit.

Așa că m-am gândit la zece lucruri pe care aș vrea să le fac înainte să mor.

Îmi doresc să călătoresc, să mănânc ceva bun, să mă îmbrac elegant.

Am scris tot felul de lucruri, dar apoi m-am gândit mai bine.

Oare asta să fie ceea ce vreau să fac înainte să mor?

Cugetând din nou la toate acestea, mi-am dat seama de ceva.

Toate lucrurile pe care îmi doresc să le fac înainte să mor sunt lucruri pe care vreau să le fac pentru tine.

Viața ta va mai continua ani buni după asta.

Vor veni momente în care vei suferi, în care te vei întrista.

De aceea vreau să-ți las zece lucruri frumoase care să te ajute să mergi mai departe și să-ți trăiești ziua de mâine atunci când vor veni clipele pline de suferință și tristețe.

Acestea fiind spuse, iată lista mea cu cele „Zece lucruri pe care vreau să le fac înainte să mor".

Însușirile tale frumoase:

Atunci când oamenii sunt triști, tu poți să plângi împreună cu ei.

Atunci când oamenii sunt fericiți, tu poți să te bucuri împreună cu ei.

Chipul tău adormit, atât de dulce!

Gropițele din obraji, atunci când râzi.

Cum îți atingi imediat nasul atunci când ești nesigur sau îngrijorat.

Grija nemăsurată pe care o ai pentru ce se întâmplă în jurul tău.

Ori de câte ori mă prindea vreo răceală, făceai toate treburile prin casă cu entuziasm.

Mâncai cu atâta poftă toate mâncărurile pe care eu le găteam.

Cădeai repede pe gânduri și cugetai mult.

Dar, după ce chibzuiai și judecai, puteai întotdeauna să găsești răspunsul corect.

Însușirile tale frumoase – trăiește în continuare fără să le uiți niciodată.

Dacă vei reuși să faci chiar și numai atât, cred că vei fi fericit și tu, și vor fi fericiți și toți cei din jurul tău.

Îți mulțumesc pentru tot ce-ai făcut pentru mine până acum. Și rămas-bun.

Sper să-ți păstrezi pentru totdeauna însușirile frumoase.

Lacrimile îmi picurau pe foaia de hârtie.

Nu puteam să stric o scrisoare atât de prețioasă. Le-am șters, dar ele continuau să-mi umple ochii și să ude scrisoarea. Odată cu lacrimile, s-au revărsat și amintirile despre mama.

Ori de câte ori mă prindea vreo răceală, mama mă freca pe spate.

Când m-am pierdut în parcul de distracții și am început să plâng, cea care a apărut alergând și m-a luat în brațe a fost mama.

Atunci când am spus că vreau o cutie frumoasă pentru pachețelul de la școală, la fel ca ceilalți copii, mama a fost cea care a alergat o zi întreagă prin toate magazinele ca să mi-o cumpere.

Întotdeauna mă foiesc mult când dorm, și mama venea să mă acopere mereu.

Îmi cumpăra numai mie haine, iar ei nu și-a luat nimic aproape niciodată.

Omleta rulată dulce și bună.

Mie nu-mi ajungea niciodată și întotdeauna îmi dădea și porția ei.

Voucherul pentru masaj pe care i l-am dat de ziua ei.

Nu l-a folosit niciodată. „Strici lucruri din astea pe mine, nu-l pot folosi", a spus.

A cumpărat un pian și întotdeauna cânta la el piesa mea preferată.

Nu reușea nicicum să progreseze și întotdeauna greșea în același loc.

Mama.

Oare a avut vreo pasiune numai a ei? A avut oare vreodată timp numai pentru ea?

A avut oare ceva ce să își dorească să facă, vreun vis?

Aș fi vrut să-i mulțumesc, dar n-am putut să rostesc nici măcar un cuvânt.

M-am jenat până și să-i cumpăr o floare.

De ce? De ce n-am putut să fac niște lucruri atât de simple?

De ce nu mi-am putut imagina atunci că mama va dispărea din lumea aceasta?

„Ca să câștigi ceva, trebuie să pierzi ceva."

Mi-au venit în minte cuvintele ei.

Mamă, nu vreau să mor. Mi-e frică de moarte. Dar e exact așa cum ai spus tu.

E și mai chinuitor să trăiești furând ceva de la alții.

— Haide, stăpâne, e vremea să nu mai plângi, am auzit o voce.

Mi-am dat seama că Varză mă privea, încolăcit pe genunchii mei. M-a surprins din nou faptul că începuse să vorbească, iar el a continuat, ca pentru a mă face să mă liniștesc.

— E foarte simplu, stăpâne. Poți înlătura pisicile din lume.

— Nu se poate asta, Varză.

— Eu vreau ca stăpânul meu să continue să trăiască. Umilului dumneavoastră servitor i-ar fi foarte greu să trăiască într-o lume fără stăpânul său.

Nu mă gândisem niciodată în viața mea că avea să vină un moment în care să mă facă să plâng cuvintele unei pisici. Dar chiar cred că, și dacă n-ar fi vorbit, Varză tot ar fi putut să-mi transmită gândurile lui printr-un mieunat sau tors. Tocmai când mi se păruse că mă calmasem, m-au podidit din nou lacrimile.

— Stăpâne, nu mai plânge. Dacă ne gândim la celelalte lucruri pe domnia voastră le-a făcut să dispară, existența mea e un fleac.

— Nu e așa, nici vorbă, Varză! Nu, nu e așa!

Și dacă pisicile ar dispărea din lume.

Dacă Salată, *și* Varză, *și* mama ar dispărea? Idiotul și ignorantul de mine nu și-a putut imagina niciodată așa ceva. Dar acum înțeleg. Căci dacă există un motiv pentru care ceva este pe lumea aceasta, nu există nici un motiv pentru care să dispară.

M-am hotărât. Și cred că, dintre toți, Varză a înțeles cel mai bine decizia mea.

După ce n-a mai spus nimic o vreme, a început iar să vorbească.

— Am înțeles prin ce trece domnia voastră, stăpâne.

— Mulțumesc.

— Atunci, pentru ultima oară…

— Ultima oară?

— Aș vrea să închizi ochii, stăpâne.

— Adică?

— Nu contează. Doar închide ochii, stăpâne.

Am închis ochii încet.

Și-atunci, din întuneric, a apărut figura mamei.

Ce amintire dragă! Amintirea din vremurile acelea.

În copilărie, plângeam des. Și nu mă opream ușor.

Și-atunci mama îmi spunea blând:

„Așa... închide ochii încet."

„De ce?"

„Nu contează. Doar fă-o."

Plângând, închideam ochii.

În întuneric, tristețea mea devenea un vârtej negru care se rotea fără încetare.

„Ce simți?"

„Sunt foarte trist, mamă", răspundeam, deschizând ochii.

Iar mama continua, privindu-mă fix:

„Acum, fă o față zâmbitoare."

„Nu pot."

„Chiar dacă nu poți, fă-o."

Corpul și mintea mea nu se coordonau și nu prea reușeam să zâmbesc. Gura îmi zâmbea, dar sufletul îmi era cuprins de tristețe, iar lacrimile nu se opreau.

Încurajat de vocea mamei, care-mi spunea să nu mă grăbesc, mă forțam să zâmbesc.

„Bun, și-acum închide iar ochii."

Închideam ochii încet, așa cum îmi cerea mama.

Și-atunci, cum stăteam cu ochii închiși și cu un zâmbet forțat pe față, sufletul meu se liniștea cumva, iar vârtejul negru nu se mai vedea. Și din străfundurile întunericului, ca și cum ar fi răsărit soarele, începea să se răspândească o lumină blândă, lăptoasă. Privind-o, simțeam cum sufletul îmi este învăluit de căldură, cum mă cuprinde o stare de bunătate.

„Cum e?"

„Gata, a trecut."

„Ce bine!"

„Mamă, cum faci asta?"

„Secret!"

„Hai, spune-mi!"

„E ca o mică vrajă. Dacă vreodată o să ajungi să fii singur și trist, forțează-te să zâmbești și închide ochii. Poți s-o faci de câte ori ai nevoie."

Varză mi-a adus aminte de vraja mamei.

De câte ori eram trist, o rugam stăruitor pe mama să facă vraja aceea nemaipomenită.

Așezat pe canapeaua din hol, am închis încet ochii. Plângând. Dar străduindu-mă să zâmbesc. Și-atunci, sufletul mi-a fost învăluit de căldură și m-a cuprins o stare de bunătate.

Vraja mamei rămăsese cumva în mine.

— Mulțumesc, mamă.

Cuvintele pe care nu le-am putut spune niciodată. Cuvintele pe care am vrut întotdeauna să le spun.

Cuvintele acelea am reușit în sfârșit să le rostesc.

Am deschis ochii.

Varză stă încolăcit pe genunchii mei și toarce.

— Mulțumesc, Varză, îl mângâi eu.

„Miau", zice el, parcă răspunzându-mi.

„Miau, miau, miau", face întruna.

Părea că vrea să-mi transmită ceva cu orice preț. Dar nu-i mai ieșeau cuvintele acelea ușor ciudate. Nici „umilul servitor", nici „stăpâne". Nu se mai auzeau. Acum chiar ne luam rămas-bun.

„Nu oamenii sunt cei care cresc și îngrijesc pisicile, ci pur și simplu pisicile le fac oamenilor favoarea de a sta lângă ei", mi-au răsunat în minte cuvintele mamei.

Mă bucur că am putut vorbi pentru ultima oară cu Varză.

Se poate ca și asta să fi fost o vrajă de-a mamei.

Rămas-bun, Varză. Îți mulțumesc pentru tot ce-ai făcut pentru mine.

Am mai rămas o vreme pe canapeaua din holul scăldat într-o lumină slabă.

Mângâindu-l pe Varză, am recitit încet scrisoarea. Încă o dată, și încă o dată. Dar de fiecare dată mă împotmoleam la final. Simțeam în piept o durere ascuțită, ca și cum m-ar fi împuns cineva cu un spin.

Ce să fac? Mai era un ultim lucru pe care trebuia să-l duc la capăt.

Da, asta era scris la sfârșitul scrisorii: „Împacă-te cu tatăl tău."

Sâmbătă:
și dacă eu aș dispărea din lume

Aș fi fericit? Aș fi nefericit? Habar nu am.

Dar știu sigur un lucru.

Că doar cu puterea gândului, omul poate deveni extrem de fericit sau extrem de nefericit.

Când m-am trezit dimineață, Varză dormea lângă mine.

Îi simțeam blana pufoasă și-i auzeam bătăile inimii.

Pisicile nu dispăruseră din lume.

Asta însemna, cu alte cuvinte, că eu urma să dispar.

Și dacă eu aș dispărea din lume.

Am încercat să-mi imaginez. Câtă nefericire ar aduce asta?

Orice om până la urmă moare. Rata mortalității este de 100%. Iar dacă ne gândim în felul acesta, faptul că moartea aduce fericire sau nefericire depinde doar de cum ți-ai trăit viața.

„Ca să câștigi ceva, trebuie să pierzi ceva."

Mi-am amintit de cuvintele mamei.

În schimbul vieții mele, am făcut ca din lume să dispară telefoanele, filmele și ceasurile.

Dar n-am putut să înlătur pisicile.

Poate că par idiot să renunț la viața mea pentru pisici.

Și chiar așa este. O stupiditate enormă. Doar că n-am mai putut crede că a-ți prelungi viața furând ceva de la alții aduce fericire. Dacă vreți, pentru mine, pisicile sunt la fel de imuabile precum soarele, marea sau aerul. De aceea am renunțat să mai fac să dispară lucruri din lume. Am hotărât să accept viața care mi-a fost dată, chiar dacă e mai scurtă decât a altor oameni. Așa că, în curând, voi muri.

Aseară, când m-am întors cu Varză acasă, Aloha ne aștepta.

Ca întotdeauna, purta o cămașă țipătoare, pantaloni scurți și, desigur, pe cap avea ochelari de soare. Dacă la început mă iritase înfățișarea lui, acum găseam că aspectul lui avea ceva liniștitor. Obișnuința oamenilor e de-a dreptul înfricoșătoare.

— În sfârșit! Pe unde-ai umblat? Am crezut că ai dispărut. Eram gata să-l întreb pe Cel de Sus ce s-a întâmplat... Ei, glumesc!

— Îmi pare rău.

— Hei, dar ce s-a întâmplat? Arăți... hmm... Trebuie să te mobilizezi, să intri înapoi în ritm.

— Îmi pare rău.

— Lasă, lasă, nu-ți face probleme. Hai, ne apucăm repede de treabă? Să le facem să dispară... pe ele.

Aloha l-a arătat cu degetul pe Varză și a început să fluiere o melodie veselă.

— Nu.

— Ce?!

— N-o să fac pisicile să dispară.

— Vorbești serios???

— Da.

Uitându-mă la fața uluită a lui Aloha, m-a bufnit râsul.

— Ce-i așa de comic? Știi că mori, da? Ești de-acord cu asta?

— De-acord. Nu mai fac nimic să dispară.

— Dar ai putea să trăiești mai mult, mi-a spus dezamăgit Aloha.

— Numai că nu are nici un sens doar să fii în viață. Important e cum trăiești.

Aloha nu spunea nimic. După o vreme, privindu-mă, a rostit:

— Iarăși... am pierdut în fața lui Dumnezeu. Oamenii ăștia...

— Ce s-a întâmplat?

— Nimic, nimic. Las-o așa. Am pierdut. Poftim, mori!

— Hei, nu-mi vorbi așa. Deși o să mor, da, am râs eu.

Aloha a început și el să râdă.

— Aici ne luăm rămas-bun, nu?

— Da, așa e.

— Parcă sunt un pic trist.

— Și eu sunt trist. Ai fost un om interesant.

— Și tu ai fost un diavol interesant.

— Iar ai reușit să-mi dai replica!

— Dar… cum arată Diavolul de fapt?

— Vrei să știi?

— Vreau să știu.

— Hmm… De fapt, vezi tu, eu nu am o înfățișare.

— Adică?

— Diavolul nu există decât în sufletele voastre, ale oamenilor. Iar voi nu faceți altceva decât să-l zugrăviți în tot felul de forme. Într-un mod absolut arbitrar. Câteodată e negru, cu coarne și ține o furcă, alteori arată ca un dragon.

— Aha…

— Deși tare-aș vrea să regândiți imaginea în care ține o furcă. E… cum să zic… cam de prost gust.

— Da, ai dreptate. Nu-ți place imaginea aceea?

— Deloc.

— Mda, nu mă surprinde.

— Așa că, de fapt, înfățișarea mea este înfățișarea pe care voi vă închipuiți că o are Diavolul. Diavolul din sufletele voastre arată ca voi, asta e sigur.

— Dar personalitatea e cu totul diferită.

— Așa e. Și cred că asta e partea importantă. Cu alte cuvinte, cred că eu înfățișez viața pe care tu ai fi putut s-o trăiești.

— Adică?

— Adică cel puțin acel tu luminos, care nu se gândește la nimic și care poartă haine țipătoare. Care face tot ce-i trece prin minte, căruia nu-i pasă de cei din jur și care spune tot ce vrea să spună.

— Da, cu siguranță că e exact opusul meu.

— Exact. Nenumăratele tale mici regrete – aș fi vrut să fac asta, aș fi vrut să fac aia. Oare nu cumva așa ai fi arătat dacă ai fi trăit exact pe dos, luând-o pe celălalt drum? Asta cred că înseamnă „diavolesc“. Ceea ce ai vrea să devii, dar nu poți. Lucrul cel mai apropiat și, în același timp, cel mai îndepărtat de tine.

— Oare eu am ajuns bine așa cum sunt?

— Asta nu mă întreba pe mine.

— Oare o să am regrete când va veni clipa morții?

— Cu siguranță. „Totuși, vreau să trăiesc!“, „Chemați-l înapoi pe Diavol!“ și tot așa. Pentru că omul e o ființă care își regretă și își invidiază viața pe care nu a ales-o.

„Omul care se gândește că poate va muri mâine își trăiește din plin timpul limitat.“

Așa spun unii.

Dar eu cred că e o minciună.

Când o persoană devine conștientă de propria moarte, nu face altceva decât să împace cu blândețe dorința de a trăi cu moartea. Și asta în timp ce-și aduce aminte de micile regrete sau de visele neîmplinite.

Dar eu, care am primit dreptul de a face ca lucrurile să dispară din lume, găsesc o anumită frumusețe în toate acele regrete. Pentru că ele sunt dovada că am trăit.

Nu voi mai face să dispară nimic din lumea aceasta.

S-ar putea ca în ultimele clipe să regret, gândindu-mă că ar fi fost mai bine să șterg de pe lume chiar și pisici sau orice altceva ca să-mi prelungesc viața. Dar cred că e bine chiar și așa. Oricum viața e plină de regrete.

Viața pe care ar fi trebuit s-o trăiesc fiind eu însumi, dar pe care n-am trăit-o.

Viața în care nici măcar n-am putut să aflu ce înseamnă să fiu eu însumi.

Nenumăratele eșecuri și regrete, visele neîmplinite, oamenii pe care aș fi vrut să-i întâlnesc, mâncărurile pe care aș fi vrut să le mănânc, locurile în care aș fi vrut să merg. Voi muri, așadar, cuprinzându-le pe toate. Dar e în regulă. Mă simt bine fiind cel care sunt acum. Acum pot spune că mi-e bine că sunt aici și nu altundeva.

Am aflat că mai am doar puțin de trăit, apoi mi-a apărut înaintea ochilor Diavolul. Mi s-a oferit câte o zi de viață în schimbul unui lucru pe care să-l fac să dispară din lume. Au fost niște zile tare bizare.

Dar oare nu a fost la fel atunci când Adam și Eva au văzut prima oară mărul?

Evenimentele care s-au produs în decursul acelor câteva zile au fost probabil o continuare a pariului grandios dintre Dumnezeu și Diavol. Poate că ceea ce mi-a cerut Dumnezeu nu a fost să înțeleg valoarea lucrurilor care ar putea dispărea din lume, ci valoarea mea ca ființă umană.

Dumnezeu a făcut lumea lucrând de luni până sâmbătă. Iar eu am șters din lume câte un lucru, pe rând. Dar n-am putut să înlătur pisicile și am decis să mă fac pe mine să dispar. Și astfel, în curând va veni și ziua mea de odihnă.

Privindu-mă cum stăteam cufundat în gânduri, Diavolul mi-a spus, râzând:

— În ceasul al doisprezecelea, ai ajuns să-ți dai seama care sunt oamenii cu adevărat importanți, care sunt lucrurile de neînlocuit, ai ajuns să cunoști minunăția a tot ceea ce trăiește în această lume. Parcurgând în întregime lumea în care trăiești, ai văzut-o cu alți ochi și ai ajuns să-ți dai seama că până și acele zile pe care le-ai considerat plictisitoare și fără nici un farmec sunt de fapt pline de frumusețe. Măcar și numai pentru asta și tot a avut sens ca eu să vin la tine.

— Dar voi muri curând.

— Da, se poate. Dar un lucru e cert: acum, că ți-ai dat seama de toate acestea, ești fericit.

— Ar fi fost bine să se întâmple mai devreme, cred…

— Așa e. Dar nimeni nu știe cât mai are de trăit. S-ar putea să mai fie doar câteva zile sau câteva luni. Durata vieții e o necunoscută pentru toți oamenii.

— Da, ai dreptate, cu siguranță.

— Așa că, de fapt, nu vorbim despre „mai devreme“ sau „mai târziu“.

— Spui lucruri înțelepte.

— Nu-i așa? Ei, și pentru că am ajuns la final, ți-am pregătit un mic cadou. Pune-ți tot sufletul în ultimul lucru care ți-a mai rămas de făcut. Gata, asta a fost tot, a sosit clipa. Rămas-bun!

Aloha și-a luat rămas-bun în stilul lui destul de neserios și mi-a făcut cu ochiul (de fapt, a închis amândoi ochii). Și, înainte să-mi dau seama, a dispărut din fața mea.

„Miau“, a mieunat trist Varză.

Am început apoi să pun lucrurile în ordine. Îmi făceam pregătirile pentru moarte.

Mai întâi am făcut ordine în cameră și am aruncat tot felul de obiecte.

Jurnale de care îmi era jenă, haine demodate, fotografiile de care nu putusem să mă despart până atunci. Fragmente din viața mea ce apăreau și dispăreau. Oare Aloha mi-ar fi oferit puțină viață în schimbul lor? Mi-a trecut asta prin minte, dar, chiar și așa, nu regretam. Eram liniștit acum, știind că nu mai trebuia să fac să dispară nimic.

Cufundat în amintiri (timp în care Varză mi-a stat în drum de nenumărate ori), continuam să arunc lucruri. Când am terminat de făcut ordine, se făcuse deja seară.

Lumina portocalie ce se strecura pe fereastră cădea pe cutia metalică de pe masă, făcând-o să strălucească. Găsisem cutia îngropată printre haine, în dulap. Era o cutie veche de fursecuri. Comoara mea.

Am privit-o îndelung. Înăuntru se afla comoara mea. De fapt, uitasem complet de existența ei până acum. Poate că nu era cazul s-o numesc totuși „comoară".

Omul are capacitatea de a transforma cu ușurință comorile în nimicuri.

Cadourile atât de prețioase, scrisorile atât de dragi, chiar și amintirile frumoase – toate devin niște nimicuri și sunt într-un final uitate.

La fel și eu, îmi închisesem aceste bogății odată cu amintirile.

N-am fost în stare să deschid acea cutie, așa că am hotărât să plec.

După ce-am ieșit din clădire, m-am îndreptat spre casa funerară.

Mă hotărâsem să-mi aranjez singur funeraliile.

Casa funerară se afla departe de oraș, într-o clădire de ceremonii destul de elegantă, ceea ce spunea ceva despre cât de prosperă era afacerea.

M-am sfătuit cu agentul de vânzări (oare e potrivit să vorbești despre un agent de vânzări când vine vorba de o casă funerară?) în legătură cu diversele pachete de oferte. Agentul s-a arătat înțelegător referitor la situația mea și mi-a prezentat prețurile pentru tot felul de produse și servicii.

Altarul budist portabil, sicriul, florile, o fotografie de-a mea care să fie expusă lângă sicriu, urna pentru cenușă, tăblițele budiste, năsălia și, desigur, incinerarea, pentru un total de 1 500 000 de yeni. Am continuat conversația despre toate aspectele legate de organizare, discutând inclusiv despre vata care se pune în nările mortului sau despre gheața uscată cu care se umple sicriul.

Pentru ca trupul meu neînsuflețit să nu înceapă să putrezească, voi plăti pentru gheață uscată 8 400 de yeni pe zi. Era o conversație absolut ridicolă. Și pentru altar, și pentru sicriu, și pentru fotografie, și pentru toate celelalte lucruri exista o scală de prețuri.

Să fii ierarhizat și după moarte... până unde poate merge omul.

Lemn natural, sculptat, căptușit cu piele întoarsă sau chiar lăcuit.

De la 50 000 la 1 000 000 de yeni.

În timp ce mi se prezenta încăperea slab luminată, plină de sicrie, mi-am imaginat cum aveam să arăt pus într-unul dintre ele.

Funeraliile mele.

Oare cine va lua parte la ele?

Prieteni vechi, foste iubite, rude, foști profesori, foști colegi.

Iar dintre toți aceștia, câți vor fi cei cu adevărat îndurerați până în adâncul sufletului de moartea mea?

Și ce vor spune despre viața mea?

A fost un tip simpatic, a fost un tip leneș, a fost un tip impulsiv, a fost un tip fără lipici la femei...

Ce amintiri vor depăna când se vor aduna lângă sicriul meu?

Și atunci mi-am dat seama.

Eu ce le-am dat lor? Ce le-am lăsat?

Toată viața pe care am trăit-o până acum a fost pentru acele câteva clipe pe care eu de fapt nu le voi ști.

Am trăit treizeci de ani și abia acum am înțeles.

Lumea în care am existat și lumea în care n-am existat. Între ele există o minusculă despicătură.

Și tocmai această mică, foarte mică despicătură este semnul pe care l-am lăsat eu trăind.

M-am întors acasă, unde acum totul părea pustiu.

Imediat ce-am intrat în apartament, a apărut și Varză, mieunând întruna. Părea nemulțumit că îl lăsasem singur atât de mult timp. Am pus pe o farfurioară tonul pe care-l cumpărasem de la pescăria de pe strada cu magazine.

Varză a scos un mieunat ca un șuierat ușor, de parcă mi-ar fi spus: „Bineînțeles că domnia voastră știe de ce am nevoie, stăpâne“, și s-a apucat să înfulece peștele.

În timp ce Varză era ocupat cu tonul din farfurie, am luat în mână cutia de fursecuri de pe masă. Am privit-o îndelung, și în cele din urmă i-am dat ușor capacul la o parte.

În ea erau visurile mele din copilărie.

Visurile mele dreptunghiulare, pe care, încă de când eram mic, le privisem atât de mult și de intens, încât, uneori, aproape că nu mai puteam respira.

Timbre colorate. Tot felul de timbre, din tot felul de țări.

Amintirile au năvălit dintr-odată peste mine.

Erau amintirile cu tatăl meu.

Când eram mic, tata mi-a cumpărat o colecție de timbre aniversare pentru Olimpiadă. Erau mici și colorate, dar din păcate nu le puteam folosi. Nu puteam suporta ideea să mă despart de ele.

Ori de câte ori se ivea ocazia, tata îmi cumpăra timbre.

Timbre mari, timbre mici. Timbre din Japonia, timbre din străinătate.

Cum tata era altfel foarte reținut, timbrele acelea erau un fel de conversație între mine și el. În mod ciudat, aveam senzația că, privind la timbrele pe care el mi le făcea cadou, puteam să înțeleg ce gândea tata atunci.

Când eram în școala primară, tata și niște prieteni de-ai lui au făcut o călătorie în Europa.

Mi-a trimis cărți poștale din toate locurile pe unde a fost. Pe toate cărțile poștale erau lipite timbre mari și colorate. Unul era cu un motan care căsca. Am izbucnit în râs. Pentru că semăna perfect cu Salată. Asta a fost una dintre puținele glume pe care le-a făcut tata. M-am bucurat foarte tare și am hotărât să dezlipesc timbrul, ținând peste noapte cartea poștală în apă.

N-am putut dormi în noaptea aceea.

Tata găsise timbrul cu pisica la un colț de stradă din Paris. Cu franceza lui greoaie, l-a cumpărat, împreună cu o carte poștală, iar într-o cafenea din apropiere, a scris pe ea adresa mea. A lipit timbrul și a pus-o la o cutie poștală galbenă. Cartea poștală a fost ridicată din cutia galbenă de un funcționar al Poștei, și, de la oficiul poștal din Paris, a plecat la aeroport. Acolo a fost pusă pe un avion, a ajuns în Japonia și a fost adusă acasă la mine. Doar imaginându-mi toată această călătorie eram atât de entuziasmat, încât nu reușeam să adorm deloc.

Și-atunci mi-am amintit. Îmi plăcuse atât de mult aventura aceea, încât am ales să devin lucrător poștal.

Să privesc timbrele.

Timbre colorate. Tot felul de timbre, din tot felul de țări.

Tot felul de imagini ale oamenilor și lucrurilor.

Toate acestea mi-au devenit extrem de prețioase.

Lucrurile pe care poate le-am făcut să dispară. Dar chiar dacă ele au dispărut, lumea probabil că nu s-a schimbat. Însă fiecare avea rolul lui în lume.

La asta mă gândeam în timp ce atingeam acele mici bucățele de hârtie.

Lipești timbrul și trimiți scrisoarea. Ea e dusă la destinație. Ce sunet cald e fluieratul poștașului! Cu cât fluier mai mult, cu atât mă învăluie și pe mine căldura. Eu sunt cel care duce gândurile la destinație. Cu căldură, în liniște, într-un loc fericit.

Hai să ne mai întâlnim cândva acolo.

Da, asta e. Trebuie să scriu o scrisoare. În orele care mi-au mai rămas.

Nenumăratele cuvinte ce zac adormite în mine. Urările pe care nu ți le-am trimis. Sentimentele care n-au mai ajuns la tine.

Toate se vor revărsa din mine și peste toate voi lipi un timbru.

Timbrele acelea vor cădea, în cele din urmă, ca petalele florilor, împodobind ultimele mele clipe.

Festival.

Cal.

Gimnast.

Porumbel.

Ukiyoe[1].

Mare.

Pian, mașină, dansator, flori, oameni faimoși, avion, buburuză, deșert, motan căscând.

Ultimele clipe.

Mă întind și închid ochii.

Toate cad, rotindu-se, învârtindu-se deasupra mea, sună un telefon, pe ecran apare *Luminile rampei*, acele ceasornicului încep să se învârtă. Și-apoi, toate scrisorile zboară prin aer.

Roșii, albastre, galbene, verzi, mov, albe, roz.

În tot felul de plicuri, zboară, de parcă ar fi absorbite de cerul de un albastru palid.

Și-apoi, îmi dau ultima suflare.

---

1. Stampe japoneze.

În fața nenumăratelor timbre și a scrisorilor ce poartă dureri fără margini, dar și fericiri aidoma, eu, mic, singur, cu un zâmbet șters pe chip.

Și acum voi scrie o scrisoare.

Cu siguranță, va fi și testamentul meu.

Dar cui ar trebui să-i scriu?

În vreme ce îmi puneam tot felul de întrebări, Varză s-a apropiat de picioarele mele, mieunând.

M-am hotărât.

Destinatarul scrisorii mele va fi persoana care va avea grijă de Varză.

În cazul acesta, nu poate fi decât o singură persoană. Doar *o sin-gu-ră* persoană.

Știam deja de multă vreme. Dar nu putusem să accept.

Ziua în care mama l-a cules pe Varză.

Eu m-am opus.

Dacă o să moară și pisica asta, mama iar o să treacă prin clipe grele. Iar o să sufere. Iar o să fie cuprinsă de o tristețe adâncă. Gândindu-mă la toate acestea, m-am opus.

Dar tata a fost de altă părere.

„De ce să n-o țină?“ a întrebat el. „Și oamenii, și pisicile, toți murim până la urmă. Odată ce-ai înțeles asta, poți să faci față în continuare.“

Știam că lui tata, mai mult decât oricui altcineva, îi păsa de ce se întâmpla cu mama. Și că tata ținuse la Salată mai mult decât oricine altcineva. Tocmai de aceea credeam că el se va împotrivi cel mai tare.

Dar nu a fost așa.

Tata spunea întotdeauna ce trebuie. Însă cred că am detestat atunci faptul că avea dreptate.

N-am știut ce să-i răspund și am tăcut. Pisoiul a scos un mieunat scurt și s-a dus clătinându-se către el. Tata l-a luat în brațe și l-a ridicat. Așa cum făcea întotdeauna cu Salată.

Privindu-l, mama a zâmbit fericită.

Uitându-se la mama, tata s-a luminat la față și a spus:

— E leit Salată.

— Leit!

— Păi atunci o să-l cheme Varză.

Spunând asta, tata parcă s-a rușinat, mi-a dat mie pisoiul, s-a întors repede la masa lui de lucru și s-a apucat să repare un ceas.

Da, tata a fost cel care i-a dat numele lui Varză.

Nu mai era altcineva căruia i l-aș fi putut lăsa pe Varză în afară de tata.

Așa că încep să scriu această scrisoare.

Prima și ultima scrisoare adresată lui tata.

O să fie un testament foarte lung.

Dar am foarte multe lucruri pe care trebuie să i le spun.

Despre aceste câteva zile ciudate.

Despre mama.
Despre Varză.
De fapt, ce am vrut întotdeauna să-i spun.
Despre mine.

Am scos o coală albă și am pus-o pe masă, apoi am luat un pix.

Pe primul rând am scris așa:

Dragă tată,

Duminică:
rămas-bun lumii acesteia

S-a făcut dimineață.

În fața ochilor mei stă scrisoarea pe care tocmai am terminat-o.

Am scris-o fără să mănânc nimic, fără ca nici măcar să beau apă, în timp ce Varză mă tot încurca, călcând mereu pe foaie.

Am pus scrisoarea într-un plic mare și am ales timbrul.

Unul dintre multele timbre din cutia de fursecuri. Tot felul de timbre. Tot felul de timbre din tot felul de țări.

Dintre toate, l-am ales pe cel cu motanul somnoros și l-am lipit pe plic.

L-am luat pe Varză și am ieșit din casă.

Era dimineață devreme și era încă rece. Am coborât dealul și am mers până la o cutie poștală din apropiere.

Cutia roșie din fața mea stătea cu gura deschisă, așteptându-mi testamentul.

Acum, îi voi trimite scrisoarea lui tata.

Scrisoarea va ajunge la tata.

Tata va citi scrisoarea.

Și-atunci, va afla în sfârșit ce gândesc și ce simt.

Ce final perfect! Da, ar fi trebuit să fie perfect.

Dar nu părea așa.

Ceva nu era cum trebuie. Simțeam asta privind pierdut la fanta deschisă a cutiei poștale.

În clipa următoare, m-am întors pe călcâie, l-am luat pe Varză în brațe și am pornit din nou la deal.

Am ajuns în cameră cu răsuflarea tăiată și am scos hainele din dulap.

O cămașă albă și o cravată cu dungi. Un costum gri-petrol.

Uniforma de poștaș.

M-am schimbat în ea, privindu-mă cu coada ochiului în oglindă.

Figura din oglindă, îmbrăcată în uniforma de poștaș, se suprapunea peste cea a tatălui meu, care repara ceasuri.

Pe nesimțite, ajunsesem să semăn leit cu tata.

Și chipul, și ținuta, și gesturile. Toate erau exact ca ale tatălui meu, pe care-l urâsem atâta vreme.

Tata, întotdeauna cocoșat la masa lui de lucru, reparând ceasuri; tata, care mi-a strâns cu putere mâna la cinematograf, când mi-a fost frică; tata, care-mi cumpăra timbre; tata, care l-a ridicat bucuros în brațe pe Varză; tata, care a alergat prin toată stațiunea cu izvoare termale; tata, care la înmormântarea mamei s-a ascuns și a plâns singur.

Ziua aceea.

Ziua în care am ieșit din casă și am plecat.

Cutia de fursecuri pusă pe masă, în camera mea rămasă goală.

Comoara pusă acolo de tata.

În ziua aceea, tata mi-a întins mâna.

Tot ce-ar fi trebuit să fac era să-i strâng mâna.

Ca odinioară, în cinematograf, era destul doar să-i strâng mâna.

Tată!

Am vrut tot timpul să te văd.

Să ne întâlnim, să-mi cer iertare, să-ți mulțumesc, să-mi iau rămas-bun.

M-au podidit lacrimile.

Le-am șters cu mâneca uniformei, am pus scrisoarea în geantă și m-am năpustit afară.

Am coborât scările tropăind, m-am urcat pe bicicleta parcată la parter, l-am pus pe Varză în coșulețul din față și am început să pedalez la deal.

Era greu. Bicicleta veche scârțâia. Fața îmi era udă de lacrimi și de sudoare. Dar am continuat să apăs pedalele până când am ajuns în vârful dealului.

Vântul a început să bată.

Norii s-au împrăștiat, iar eu am fost învăluit de razele calde ce vesteau sosirea primăverii.

Bucurându-se de adierea vântului, Varză a scos un mieunat.

Chiar sub noi, se întindea marea de un albastru închis. Tata locuia în orașul aflat de cealaltă parte a golfului.

Orașul pe care îl vedeam întotdeauna din vârful dealului.

Orașul aflat atât de aproape, dar în care n-am putut niciodată să merg.

Mă duc acum. Mă duc în orașul vecin, acasă la tata.

Apăs pedalele și o iau la vale.

Mai repede, mai repede.

Orașul se apropie.

La prețul de vânzare se adaugă 2%,
reprezentând valoarea timbrului literar.

În colecția **Raftul Denisei** au apărut

Stéphane Carlier, *Clara citeste Proust*
António Lobo Antunes, *Lunga scurtime a vieții*
Kerri Maher, *Librăreasa din Paris*
Jessie Burton, *Casa destinului*
Kate Morton, *Întoarcerea acasă*
Kyung-sook Shin, *Vorbește-mi despre tata*
Fiona Davis, *Palatul Magnolia*
Laura Imai Messina, *Viețile secrete ale culorilor*
Cormac McCarthy, *Pasagerul*
Cormac McCarthy, *Stella Maris*
Zülfü Livaneli, *Neliniște*
Jay Parini, *Borges și eu: O întâlnire*
Yaniv Iczkovits, *Nimeni nu părăsește Palo Alto*
Natsuko Imamura, *Fata care s-a transformat în bețișoare*
David Foenkinos, *Numărul 2*
Ismail Kadare, *Concert la sfârșit de iarnă*
James D. Shipman, *Dincolo de sârma ghimpată*
Akira Mizubayashi, *Regina inimii*
Osamu Dazai, *Decădere umană*
Anna Mazzola, *Fata mecanică*
Alex Schulman, *Gara Malma*
Daniela Krein, *Focul*
Georgia Kaufmann, *Croitoreasa din Paris*
Nikola Scott, *Umbra mamei*
Thomas Leoncini, *Bărbatul care voia să fie iubit și motanul care s-a îndrăgostit de el*
Yiyun Li, *Cartea gâștei*
J.M. Coetzee, *Polonezul*
Niccolò Ammaniti, *Viața intimă*
Colm Tóibín, *Brooklyn*

Thomas Schlesser, *Ochii Monei*
Scholastique Mukasonga, *Notre-Dame du Nil*
Sawako Ariyoshi, *Râul destinelor*
Taichi Yamada, *Străini*
Matteo Strukul, *Podul crimelor din Veneția*
Care Santos, *Nebunul păsărilor*
Heather Morris, *Surori sub dogoarea Soarelui Răsare*
Sophie Haydock, *Flăcările*
Naoise Dolan, *Fericitul cuplu*
Defne Suman, *Tăcerea Șeherezadei*
Banana Yoshimoto, *Kitchen*
Narine Abgarian, *Viața e mai dreaptă decât moartea*
Laura Imai Messina, *Insula bătăilor de inimă*
Colson Whitehead, *Pravila borfașului*
Carlo Vecce, *Surâsul Caterinei*
Yōko Ogawa, *Parfum de gheață*
Anthony Marra, *Mercury Pictures prezintă*
Anne Enright, *Pitulicea*
Anna Sólyom, *Cafeneaua cu pisici. Neko Café*
António Lobo Antunes, *Fado Alexandrino*
Alba de Céspedes, *Caietul interzis*
Nechama Birnbaum, *Fata cu părul roșu de la Auschwitz*
Ismail Kadare, *Povara crucii*
Yukio Mishima, *Culorile interzise*
Glendon Swarthout, *Binecuvântați animalele și copiii*
Paul Lynch, *Cântecul profetului*
Anaïs Nin, *Foc*
Holly Ringland, *Cele șapte văluri ale lui Esther Wilding*
Julia May Jonas, *Vladimir*
Ludmila Ulițkaia, *Trupul sufletului*
Natalia Ginzburg, *Lexic de familie*
Jeanette Winterson, *Ochiul negru al fluviului*
Can Xue, *Dragostea în noul mileniu*
Genki Kawamura, *O sută de flori*
George Saunders, *Ziua eliberării*
Genki Kawamura, *Dacă pisicile ar dispărea din lume*